Luces de la Memoria

Eco Editorial Argentina

Luces de la Memoria
Compiladora:Any Sanz
Idea de diseño de portada: Jeannette Cabrera Molinelli
Editora:Gladys Viviana Landaburo
©2016 Eco Editorial Argentina
Email: eco_editorial@yahoo.com.ar

ISBN: 978-987-45634-1-5

"Aquí os dejo mi alma-libro,
hombre-mundo verdadero.
Cuando vibres todo entero,
soy yo, lector, que en ti vibro"

Miguel de Unamuno (1864-1936)
Escritor, poeta y filósofo español

María Elena Altamirano
Argentina

Mi nombre es MARIA ELENA ALTAMIRANO, vivo en Cosquín, provincia de Córdoba (Argentina); desde pequeña me gustó mucho leer, a los 14 años descubrí que me gustaba escribir poesías y rimar palabras, soñaba con tener un libro de poesías de mi autoría, pero me parecía un sueño utópico y lejano, aun así nunca dejé totalmente mi afición por la escritura y cada tanto aparecía la inspiración que quedaba plasmada en algún escrito. En 2001 me animé a participar con una poesía en el concurso literario "Juan Fillo", realizado por la Sociedad Cordobesa de Escritores, obteniendo un diploma de reconocimiento.

En 2014 surgió la oportunidad de participar con mis poesías en la Antología Literaria Internacional de Cuento y Poesía "Sueños & Secretos", junto a importantes autores de

varios países de habla hispana.

En 2015, obtuve un diploma por la participación en el Primer Concurso de Poesía de la página de Facebook

"Destellos de Versos Libres".

A principios de este año 2016 se terminó de imprimir el libro "El Eco de la Musas II" en el que participo con 8 poesías, junto a varios autores hispanoamericanos.

Mi libro de poesías seguirá esperando ver la luz, porque alguna razón me llevó a tener una imperiosa necesidad de contar cuentos, los mismos que escuché de niña y que con la intención de no olvidarlos, había pedido a mi madre que me los volviera a contar mientras la gravaba. De esto hace tiempo; cuando desconocía que tras dos años de una enfermedad que la llevaría a perder la coherencia y la voz, tendría que despedirla a fines de 2015.

En 2016, en homenaje a mi madre, a la madre de mi madre y a todas las mamás que se toman unos minutos para leer o contar un cuento a sus pequeños, nace mi libro "Los fantásticos Cuentos de la Abuela", poniéndole alas a la imaginación (cuento infantil). Este fue *Declarado De Interés Cultural*

A mi participación en este libro se la dedico a mi familia:mi amor Juan Carlos, mis hijos Noe y Teby, porque me acompañan y están felices de verme hacer lo que me gusta; a mi nietito Gaby y a mis padres Celia y José Simón

HOMENAJE A MI MADRE

Años atrás había una niñita de cinco años que se enteró que existía "eso" que se lleva un ser hacia el infinito y no lo deja regresar nunca; y tuvo mucho miedo por ella, por todos los que quería y por

su madre, especialmente.

El tiempo ha pasado. Muchos inviernos con sus veranos, tantos momentos compartidos, tanta lucha, varios enojos y alegrías, algunos desencuentros y desencantos,

pero siempre tanta cercanía.

El tiempo, implacable como siempre y necesario seguramente, no da tregua, nunca la dio y ha hecho historia. Trae cosas buenas y de las otras; problemas pasajeros, otros pequeños, y de los grandes que vienen para quedarse... como ese con nombre alemán que despoja la mente, roba recuerdos, quita presente y aniquila las decisiones; ese que reduce todo a la nada, a una nada llena de dolor e incertidumbre para quienes rodean un cuerpo poseído, vivo, pero sin vitalidad, con una mente confusa que no permite saber qué entiende y qué ignora exactamente, qué recuerda, qué olvida; o si existen lapsus de realidad en ella. En ese estado, tendida en una cama…, la mirada perdida por ratos, muchas veces dormida, con la realidad esquiva, el cerebro que ya no sabe dar órdenes al cuerpo que está inerte, o con pocos movimientos torpes y caprichosos… Y al lado de la cama, sosteniendo las manos de su madre entre las suyas, una mujer adulta, pero que esconde eternamente dentro suyo a aquella niñita temerosa, sabe que lo tan temido en algún momento llegará, pero mientras tanto comprende que esta situación tampoco tiene retorno y llora desconsoladamente, y las lágrimas ruedan por sus mejillas maduras, en un rostro que ya posee algún surco, de esos, que también deja el tiempo a su paso. Una mujer acompaña, mira y llora por lo que su madre debe pasar, sosteniendo que nadie se merece eso, menos ella…

Y te miro y lloro mamá, porque el tiempo siempre nos gana, porque lo que no queremos también llega, porque esto es irreversible y duele mucho verte así…

Porque sabíamos que nadie escapa a ese monstruo llamado muerte, tan temido por aquella niña, pero no esperábamos a este otro gigante malvado que llegó antes para robarte y hacernos sufrir más: el alzhéimer.

UN DÍA CUALQUIERA

Francisca despertó sobresaltada, el reloj era su enemigo otra vez, la alarma se durmió con ella.

De un salto estuvo en la ducha, en unos minutos más arregló su cabello, delineó sus ojos y ya estaba en marcha, el desayuno, hoy, debía esperar la moto, tragó de un sorbo la distancia que separaba a Francisca de su trabajo, no podía llegar tarde, además de la tarea diaria le quedaban asuntos pendientes del día anterior en la farmacia.

A pesar del sobresalto, 8:30 en punto, estaba en la puerta, abrió de prisa, en minutos estaría allí Marisa, la dueña, que tanta confianza había depositado en ella, jamás la defraudaría.

Raudamente comenzó a poner todo en orden para empezar el día, mucho quehacer le esperaba.

Se disponía a limpiar góndolas para reponer mercadería cuando entró María, esa viejecilla que llegaba temprano y se quedaba hablando por horas; resopló en silencio, era lo que le faltaba!!!, pidió a Santa Paciencia que acuda en su ayuda al tiempo que le daba los buenos días.

Era la visita de casi todos los días, no siempre llevaba algo, pero nunca le faltaba una historia para contar, cosas intrascendentes… claro, si algo le sobraba a esta mujer era tiempo, pero bueno, era una clienta más.

María respondió el saludo con su habitual sonrisa, mientras le extendía la receta para un medicamento, de paso dio un vistazo a los nuevos artículos de belleza que estaba en la repisa a la espera de que Francisca los acomodara y les pusiera el precio. Se la vio muy interesada y no tardó en comenzar con las preguntas de rigor, para conocer un producto. Si eran confiables, si la propaganda no era mentirosa acerca de sus cualidades, si eran muy costosos, etc. Porque ella usaba otros productos que eran buenos y bla, bla, bla. Luego pasó a contarle de sus achaques y peripecias a la hora de pedir turno para la consulta médica, sumado el tiempo frío, húmedo que empeoraba las cosas.

Francisca escuchaba a medias el interrogatorio, hacía oídos sordos a los comentarios y respondía lo que podía. Estaba tan atrasada con todo, que el día iba a resultarle corto, no tenía minutos para desperdiciar…

-Señora, necesita algo más? -preguntó, mientras extendía lo recetado en una bolsita de papel y miraba de reojo las cajas que debía desocupar y estaban obstruyendo el paso.

María, con su habitual simpatía y tranquilidad, recibió los medicamentos, y habiendo notado cierto malestar en Francisca, le dijo:-- "hija agradezco tu atención y te pido disculpas porque sé que a veces puedo aburrirte con mis tonterías", Francisca, sonrojada, pensando que se le había notado en el rostro su fastidio, quiso excusarse, pero María prosiguió:--- "también yo fui joven, tenía otras urgencias, me aburrían los viejos y no me interesaba su charlatanería, pero ¿sabes? yo no me daba cuenta, al igual que la mayoría de los jóvenes; ni nadie me hizo ver que hay muchas personas que con el paso del tiempo y por distintas razones de la vida, se quedan muy solas en su vejez, como yo ahora por ejemplo, y no podemos compartir nuestras vivencias con nadie, por eso tenemos "hambre" de hablar y no perdemos la oportunidad de hacerlo. Y con quienes mejor que con aquellas personas que vemos a menudo, sino diario, y adoptamos como nuestras como el almacenero, el carnicero, verdulero, farmacéutico…, necesitamos ser escuchados y sentirnos acompañados, sé que la gente joven tiene otras urgencias, fui joven, sé entenderlo".

Francisca también entendió todo y se prometió prestar toda la atención que pueda cada vez que un anciano hable con ella, escucharía sus historias y tendría las mejores palabras para ellos, porque tal vez sea la única conversación que esa persona tenga en el día.

Comprendió en ese momento que para María, ella era importante y lo valoró desde lo más profundo de su corazón.

Supo desde entonces, que haría su trabajo lo mejor posible todos los días, pero a partir de ahora la atención al cliente sería lo más importante y le daría todos los minutos que cada uno requiera, al fin y al cabo todo comercio existe gracias a su clientela, por lo que siempre se merece el mejor trato.

CARTA A UN HIJO ADOLESCENTE

Hijo:

Nunca estará demás decir lo orgullosos de ti, que estamos tus papás, así como eres, humano, imperfecto, pero con virtudes valiosísimas que te hacen una persona hermosa, increíble y muy querible.

Hijo, la vida está compuesta por etapas, cada una llegará a su fin en su momento, dejando innumerables buenos recuerdos, grandes alegrías y tal vez alguna que otra desilusión, pero no dudo que el balance, siempre, será bueno si las has transitado con responsabilidad y poniendo todo tu esfuerzo.

Vive intensamente cada minuto, que como irrepetibles que son, también son invalorables e inolvidables. Disfruta a pleno, con todos los sentidos los momentos de alegría, y por qué no los de nostalgia, esfuérzate para que cada minuto sea siempre hermoso.

Cada nueva etapa es un reto, un desafío, pero también vendrá acompañada de tantos buenos momentos como fueron los vividos. Confía siempre en tu capacidad, que seguramente la tienes para lo que te propongas, acompáñala con voluntad y verás que nada es tan difícil como parece.

Recuerda que siempre "lo mejor está por venir" y que, a pesar de que todo se consigue con algún sacrificio y mucho esfuerzo, las mieles de la recompensa por lograr los propósitos, son muy dulces y placenteras. Y si alguna vez las cosas no salen como las planeaste, no decaigas, vuelve a intentar; si aún así se niegan, es porque Dios, el Universo y las energías protectoras consideran que, por alguna buena razón, no es lo mejor para vos; tal vez con el tiempo te darás cuenta del porqué, o tal vez nunca lo sepas, pero igualmente quédate tranquilo que "lo mejor, por algo, es lo que sucede".

Cuenta siempre con nosotros, tus padres, que aunque te parezcamos, a veces, exigentes, siempre queremos lo mejor para vos y nadie tendrá mejores intenciones para ayudarte y apoyarte, o aconsejarte.

Jamás te expongas a riesgos innecesarios, no necesitas demostrar nada a nadie, pues quien te conoce y quiere sabe lo que vales, quien no te conozca el tiempo le demostrará la persona que eres y quien no te quiera jamás valorará nada de ti, por lo que "no vale la pena ni pensar en eso".

Cuida tu cuerpo, no lo maltrates con excesos de ningún tipo, es el único que tienes, para toda tu existencia y de ello dependerá tu calidad de vida.

Procura tener "FE", porque si alguna vez te sientes solo y/o necesitas más fortaleza, será el puntapié inicial para hacerle frente a cualquier batalla en la vida. Con FE todo es más fácil.

Por último hijo, te deseo todo lo mejor, que la vida te lleve por sus mejores caminos, que escojas los que te hagan más feliz, y que la paz reine en tu alma cada amanecer, para que ilumines los días con tu sonrisa.

Jeannette Cabrera Molinelli
Puerto Rico

Biografía

Jeannette Cabrera Molinelli nació en San Juan, Puerto Rico. Estudió Sociología y por treinta y dos años fue dueña de una compañía de reclutamiento de profesionales.

Publicó dos libros de cuentos: El robo del mar y otros cuentos (Palabra Pórtico Editores, 2014), y Segundos cardinales (Indeleble Editores, Guatemala, 2015), este último fue presentado en la Feria Internacional del Libro de PR. También publicó un libro de poesías: Poesía que no olvido (Editorial Zayas, 2016).

Sus cuentos han sido publicados en varios libros antológicos: *Fantasía Circense* (San Juan, 2011); *Maraña, Antología de Cuentos de Tejedoras de Palabras* (Editorial Argueso y Garzón, Colombia, 2012); *Sueños y Secretos – Antología de Autores Hispanoamericanos* (Eco Editorial Argentina, Argentina, 2014); *Antología de Cuentos Sueños del Cajón* (Del Alma Editores Puerto Rico, 2014); *Mundillo, Antología de cuentos de Tejedoras de Cuentos de*

Puerto Rico y Argentina (Eco Editorial Argentina, 2015); *La ruta del cuento* (Editorial EDP University, 2015).

Su poesía fue publicada en el libro *Antología de micrófono abierto en Casa Emilio* (San Juan, 2014), en *Sueños y Secretos –Antología de Autores Hispanoamericanos* (Eco Editorial Argentina, Argentina, 2014); en *Divertimento 1* Antología Poética (Editorial Zayas, 2015), libro para el cual fue compiladora, (igual que para *Divertimento II.*); y *El eco de las musas* (Eco Editorial Argentina, Argentina, 2016).

Sus textos han sido publicados en varias revistas literarias: Boreales (San Juan, 2011), CRUCES (Universidad Metropolitana, San Juan, 2012), Hojas Sueltas (Universidad de PR, San Juan, 2013), y Monolito (México, 2014).

Fundó y preside el grupo literario Tejedoras de Cuentos, que organiza y promueve las Noches de Cuentos en espacios literarios en la isla. Maneja y coordina el proyecto La Ruta del Cuento, este último, un esfuerzo colectivo de cuentistas para llevar la literatura a los diferentes pueblos del país. Fue coanimadora en un programa de radio sobre literatura. Fundó Artistas de la Palabra, organización que se dedica a divulgar la poesía y promover sus autores.

Correo-e: jeannettecabrera31@ gmail.com.

DULCE MIEDO

Salíamos de casa, risueñas, en tropel y con bulla, pero regresábamos enmudecidas. En el patio de doña Pina había muchos árboles inmensos con plantas colgantes que ennegrecían todo el jardín. Se escuchaba el *ru-ru-cucurrú* sobrecogedor de las palomas que aleteaban de rama en rama bajo las sombras Mi prima Isabel nos señalaba las botellas enterradas en el piso que indicaban el lugar exacto donde estaban sepultados los familiares de la señora. Según ella, si pisábamos el cuerpo de alguno de los muertos, este podía sacar la mano por la tierra y nos agarraría por los pies. Con extremo cuidado, cruzábamos temerosas el misterioso jardín hasta llegar a la parte trasera, donde había una pequeña terraza colmada de tiestos adornados con espejos. Todo en aquel lugar estaba descuidado y lleno de hojarascas. Los bejucos parecían manos agarrando las columnas del balcón.

Tocábamos una campanita para avisar. Una señora de cabello blanco y desordenado, con la piel tan blanca como el incienso quemado, con ojos marcados por una huella umbrosa bajo ellos, corría el visillo y se asomaba por el cristal de la puerta de maderas viejas.

—¿Qué era?

—Buenos días, doña Pina. Queremos dulces y caramelos.

Esperábamos unos momentos que nos retorcían el vientre. Nos manteníamos en vigilancia por si alguno de los muertos que descansaban allí le daba por aparecerse. El crujido de los árboles nos embargaba en temor y dudas. Mis primas me hacían señales con las manos para que mantuviéramos aquel silencio atroz.

Se escuchaba el chirriar de los metales enmohecidos. Se abría la puerta. Mis ocho años se quedaban tiesos de espanto. De adentro salía un aire denso, como si ardiera un incienso de esos que airean cuando llevan a un muerto a la iglesia. Con un caminar pesado, y vestida con una camisola negra y una chaqueta con encajes estropeados, doña Pina traía entre sus manos una caja de cristal con las golosinas envueltas en papel de seda en colores. Allí había pilones, malrayos, tirijalas, "Mary Janes", unos caramelos durísimos y unos gofios que se nos atoraban en la garganta y el polvo se nos salía por la nariz. Algunas primas comenzaban a sonreír.

Como Isabel era la mayor, era la encargada de acercársele y escoger los caramelos. Uno a uno y como en un ritual de encantamiento, doña Pina ponía los dulces que se escogieron en una bolsa de papel. No sonreía ni por un segundo. Observé en silencio que su cuerpo no tenía sombras. Las palomas se quedaban quietas, con los ojos puestos en nosotras. Mientras, nos agarrábamos por la falda buscando el auxilio de las otras.

Isabel volvía a acercársele y le pagaba. Ya de regreso, volvíamos a pasar por el martirio del jardín, con cuidado de no pisar las tumbas de los parientes.

—Estos dulces...¿No estarán envenenados? —pregunté una vez en secreto—. Siento que aquí pasan la noche los demonios.

—No, —dijo Isabel— solo tienen un poco de la sangre seca de los muertos, son altos en proteína, igual que los gandules. Pero cállate, que vas a alterar a los difuntos. ¡Uy! ¿Escuchaste eso?

—No, ¿qué?

—Unas voces y sonidos extraños, como un ronroneo, no sé.

Salimos presurosas y a toda carrera como pájaro que quiere alzar vuelo, no importaba si estropeábamos las tumbas. Nadie se atrevía a mirar hacia atrás. Solo queríamos salir de aquel lugar siniestro, hasta que tuviéramos el valor o el empuje para regresar una próxima vez.

EL CIRCO

Una tarde mi tía nos llevó a las primas al circo. Como tenía un novio nuevo, nos dio dinero y nos dejó solas, al cuido de Isabel, cuatro años mayor que yo. Nos vendría a buscar como a las ocho de la noche, por lo que debíamos comer algo alrededor de las seis, según dijo. El circo tenía varias atracciones en diferentes carpas. En la principal, estaba el espectáculo de trapecistas, leones y elefantes. En otras más pequeñas, había cosas extrañas que teníamos que pagar para verlas: dos enanos pegados por la barriga, una señora con pelo por todo su cuerpo como si fuera el cruce del hombre con el mono, una mujer pez llamada 'Sirena de los Mares', un hombre que se tragaba una serpiente, otro que se tragaba cuchillos, el hombre más alto, el más chiquito, un hombre con dos cabezas, la mujer más gorda, el hombre que botaba fuego por la boca como un dragón, y un hombre que cortaba a una mujer en dos. También había una carpa un poco escondida y solo los adultos podían pagar para verla: allí, una mujer con pene.

Ya habíamos visto payasos, elefantes y leones, así que decidimos no comer nada y gastar todo el dinero en ver esas cosas nuevas, extrañas, o imposibles.

Comenzamos por las más sencillas, como el hombre más grande y el más chiquito, los que se tragaban cuanta cosa y fuimos viendo cada una de las carpas con sorpresa y horror. Los que se tragaban cosas nos causó una arcada; no entendíamos por qué la gente pagaba por ver cosas feas y repulsivas. Luego pasamos a ver al hombre que cortaba a una mujer en dos. Las más pequeñas cerramos los ojos para no mirar, horrorizadas. Escuchábamos el ruido de la sierra asesina, imaginábamos los ríos de sangre, quizás salpicando al público con la sangre desparramada. Salimos corriendo. Éramos niñas inocentes, impactadas por las cosas horribles del mundo.

Isabel quiso ver a la mujer con pene. Estaba limitada a los adultos, pero logramos mirar por el lado de la carpa, a escondidas. Vimos aquella mujer levantarse la falda, meterse la mano por sus partes secretas, sacarse una tripa larga como un sorbete y mostrárselo a los hombres que pagaban para mirar. Aplaudieron. Yo temblaba como gelatina, llena de miedo y asombro. ¡Sabía ahora que algunas mujeres también tenían pene, que eran mitad hombre y mitad mujer!

Me dieron ganas de orinar. Me llevaron al baño. Me bajé los pantis y miré mis partes secretas. "¡No tengo pene, gracias a Dios que no tengo pene! ¡Soy nena, solo nena!", pensé.

Cuando mi tía fue a recogernos, preguntó:

—¿Les gustó?

—Si, confirmé que soy solo nena —contesté sonreída con un suspiro. Mis primas me dieron un pellizco para que callara. Mi tía no entendió.

JULIA

Lo que más me gustaba de Julia, la loca del vecindario, era que bañada de sol, era una mujer libre para hacer lo que quisiera y vivía satisfecha en su propio mundo. El tiempo se le arremolinaba en el rostro haciendo surcos, ojeras y manchas. Vestía con cualquier cosa que se le obsequiara. En una ocasión alguien le regaló un traje de bailes, estuvo todo el día vestida como una princesa y bailaba con su música imaginaria. Si le daban una cartera que le gustaba, la llevaba con orgullo en el brazo; si le gustaban dos, andaba por la calle con ambas. Se sentaba en una banqueta de madera y nos observaba en silencio, en ocasiones con mirada ausente, en otras, disfrutaba sonreída con nuestros juegos.

Sabíamos que no era muda porque, aunque fueran solo afirmaciones o quizás una o dos palabras, sí hablaba con mi abuela. Ella la tenía prendida del corazón, era su amiga, velaba por la mujer y le daba consejos. Para que pudiera ganarse algún dinero, le daba trabajos sencillos y siempre fuera de la casa. A veces la mujer cepillaba con jabón la entrada y la acera tirándole cubos de agua, o aceitaba las puertas, limpiaba los cristales de las ventanas o rastrillaba las hojas del árbol Reina de las Flores frente a la casa. En otras ocasiones le daba una cacerola para que le buscara un raspado de piraguas en la Avenida Ponce de León, que estaba a varias cuadras de la casa, y la mujer iba y regresaba corriendo para que no se le derritiera.

En ocasiones se sentaba en las escaleras a la entrada de la casa. Mi abuela ordenaba que la cocinera le diera comida y café. Allí había un plato, una cuchara y una taza de metal recubierto de porcelana solo para Julia. Comía lo que le dieran y le contaba a mi abuela las cosas que sucedían en el vecindario. Entre bocado y bocado, salían las palabras y las historias recortadas.

—Cuéntame, Julia, ¿qué ha pasado?

—Anoche... el hijo de Doña Clara... borracho....Ayer... el esposo de doña Ernestina... chocó.... El hijo de Anaé... cura...El esposo de Sara....se fue...El abogado del al lado... es bueno conmigo...

Se escuchaban los " ¡Oh!¡Dios!...¡Ay, bendito!...¡No me digas!..¡Virgen del Carmen!" de mi abuela, que sin salir de la casa y sentada en un sillón, se enteraba de lo que sucedía en la casa de las vecinas y como era santurrona, luego rezaba por ellas.

Una tarde estábamos todos los primos jugando en la calle. Los varones ya estaban en la edad de la insana curiosidad sobre los asuntos de las mujeres. Decían que Julia había hecho "aquello" con Pedro el Pintor, el borrachín del vecindario. Mi prima Isabel decía que de seguro eran esposos. Los muchachos querían saber si usaba *panties* y si tenía pelitos. Envueltos en un frenesí morboso y como una jauría de perros, decidieron rodearla y cantarle algo alegre para que comenzara a bailar. Sabían que cuando lo hacía, se subía la falda, entusiasmada. Mientras unos cantaban y aplaudían, otros se tiraban al suelo para mirarla.

—¡Tiene *panties*, tiene *panties*! —dijo uno.

—¡Tiene pelitos, le vi los pelitos!, —dijo el otro. Entonces comenzaron a pelear y a empujarse.

—¡Embuste!, si tiene *panties* no pudiste ver los pelitos! —dijo el primero.

Para mí era natural que tuviera *panties*. Yo no comprendía esa discusión por los pelitos. Mis primas me agarraron por el brazo y me llevaron hacia la acera. Pronto comenzó la revuelta entre los muchachos. Las niñas salimos de allí como abejas cuando le quitan el panal porque sabíamos que nos castigarían si nos quedábamos de observadoras. Mi abuela se dio cuenta de lo que sucedía y comenzó a gritar.

—¡Pero qué hacen! ¡Parece mentira que abusen de esa pobre infeliz! ¡Van todos a parar al infierno! Pero Dios mío, ¿por qué no me dijeron que esto estaba sucediendo? ¡Virgen Santísima, ven y protege a estos niños, que el demonio los está tentando! ¡Ven, Cristo Santo!

Se acabó la fiesta en un santiamén. Los primos corrieron a esconderse en la parte de atrás de la casa. Julia volvió a sentarse en su banqueta sonreída y algo confundida. Tatareaba la canción de mis primos. Abrió su cartera donde guardaba unas flores plásticas y se las agarró en el cabello con *"bobby pins"* negros. Sacó un espejito y con un lápiz, se marcó las cejas bien oscuras. Con un colorete, se hizo dos círculos rojos en las mejillas. Se pintó los labios de rojo brillante de forma irregular y fuera de la línea. Luego siguió su camino, sin rumbo.

Los primos estuvieron castigados hasta que los tíos vinieron a buscarlos. Esa tarde no nos dejaron comer gelatina, nos mandaron temprano para la cama y poco después de entrar la noche nos apagaron la luz. Todo, por no haber sido soplonas. Esa noche soñé que yo era Julia.

ME SACO LO MALO QUE LLEVO POR DENTRO

No entendía cómo mi madre, que era tan conservadora con la religión, me llevaba ahora a una santera para que me hiciera una limpieza de esas que hacen las hechiceras.

Para ella, la religión era siempre algo importante. Cada vez que la virgen visitaba nuestra casa había que guardar silencio y rezar sus oraciones. La llevaban metida en una caja de cristal y se le prendían velas. Dos semanas después mamá la llevaba a la casa del vecino, no sin antes haberle echado una ofrenda en un espacio debajo de ella. Así que la idea de que me llevaran a ver a una santera probablemente había sido de mi tía y por contarle a mamá lo que había visto en casa de la abuela paterna.

Las puertas cerradas me intrigaban. Me parecía necesario descubrir el misterio que se encontraba escondido detrás de ellas. Una tarde, mientras visitaba a la abuela paterna, vi que todos los cuartos tenían las puertas cerradas. Aproveché que todos estaban distraídos en la sala en una conversación dominguera y, sin que nadie se diera cuenta, fui sigilosamente a abrir las puertas. Observé que uno de los cuartos tenia los trofeos de una tía que practicaba deportes. El otro, las fotos de otra tía que se encontraba estudiando música y canto alto en Italia. La tercera puerta guardaba el escritorio, la biblioteca y la enorme colección de sellos del abuelo. El último, era el cuarto de mi abuela. Vi que sobre un mueble muy alto estaba mi foto con el traje largo de encajes y organdí blanco de la primera comunión, que estaba algo manchado con la esperma derretida de una vela blanca. Pinchado a la vela con alfileres largos, como los que se utilizaban para agarrar las orquídeas en el pecho de las señoras, estaba algo que parecía un recordatorio de esos que dan en las bodas. Cerré la puerta silenciosa, asustada, y regresé a la sala donde se encontraban todos enfrascados en la conversación.

Lo que había visto no tenia explicación. No entendía cómo había permitido que una foto de tan importante evento, se manchara casi toda con esperma. Cuando llegué a mi casa le conté a mi madre y esta, llena de espanto y como si hubiera visto algo peligroso, se persignó y me dijo "que Dios te guarde ahora y siempre" . Agarró el teléfono y le contó a mi tía. Hablaron de una doña Cuca Trápaga, quien adivinaba, sabia de cosas que más nadie sabía, los espíritus le confiaban cosas, sabía dar buenos consejos y acertaba. Así que no se podía perder tiempo: había que salir de inmediato. "No le cuentes a nadie, pero vamos", me dijo, y como quien está haciendo algo prohibido, mi tía, mi madre, mi prima y yo salimos para la casa de la señora.

La casa era modesta. Tenía un silencio especial, casi de panteón. Enganchadas en la pared, unas campanitas se movían con el viento. Las plantas enredadas en las rejas servían de cortina hacia el mundo exterior y convertían al espacio en un lugar siniestro. Una viejita misteriosa abrió las rejas de la entrada. Tenía muchas sortijas y pulseras que tintineaban. Las uñas eran muy largas, curvas. El cabello era blanco, amarrado en una trenza en la nuca con cintas de varios colores. Se mostraba sudorosa, con un olor extraño. Esperamos por un rato. Luego la misma viejita misteriosa nos pidió pasar al salón. Mi prima y yo íbamos agarradas de las manos. En el cuarto se sentía un olor a jazmines, azucenas e incienso, las paredes tenían fotos de santos y rosarios. Recostados en tablillas en la pared, habían cientos de potecitos llenos de agua o alcohol con un mundo adentro: hojas, hierbas, maderas, rosarios, ajos, diente de no sé qué, papelitos con mensajes, navajas, alfileres, flores, retratos. La tía notó mi sorpresa y me dio un codazo diciéndome casi en un susurro: "Son trabajos, encargos, mira y no hables, no abras la boca y observa" y yo no entendí qué clase de trabajo era ese que requería recoger cuanta cosa uno puede encontrarse en el patio y meterlos en frascos. Nos sentamos alrededor de una mesa muy sencilla cubierta con un paño violeta, un plato hondo con agua y al lado, una vela encendida. La señora barajeaba las cartas, las cortaba, las separaba en grupos pequeños sobre la mesa, volvía a recogerlas y las barajeaba otra vez. Mientras, hacía preguntas: "qué buscan... qué preguntan...qué quieren saber... por qué vienen". Mi madre estaba enmudecida; mi tía comenzó la conversación. Con detalles, le explicó lo que yo había visto, cómo, dónde, cuándo. No, no sabíamos si había sido un accidente o si había habido mala intensión, pero por si acaso, solo por si acaso, había que atender la emergencia.

—!Jum! Por lo que me dicen, llego a la conclusión de que esta niña tiene un trabajo sometido. Es una obstrucción para un buen matrimonio.

Se miraron sorprendidas, algo asustadas. La señora se levantó de la mesa y buscó un velo blanco para cubrirme la cabeza. Diciendo oraciones que nadie entendía, me pasó un ramo de hierbas alrededor del cuerpo y me roció con Agua Maravilla y algo que olía a alcoholado. Luego prendió otra vela, la que también pasó por mi cuerpo y luego me pidió que la soplara para apagarla. Seguía diciendo oraciones. Me ungió la frente con un aceite en una señal de la cruz.

—Esta niña se pondrá algo traviesa. Se casará, no hay duda, me lo dicen los espíritus. Estará en enamoramientos temprano, cuidado con ellos, cuidado. ¡Ay!, veo pretendientes a montones que a mami no le gustan. Yo pondría un San José enterrado frente a la casa, con los pies para arriba, para que la proteja, para que proteja la casa. Y otro al lado de su ventana, también con los pies para arriba.

—Ella necesitará alguna protección, al menos el escapulario de la Virgen del Carmen, ¿no cree usted? —preguntó mi tía.

—¡Claro! Yo la quiero ver más adelante para hacerle una limpieza más extensa y luego magnetizarla. Esto envuelve más trabajo. Hay que prepararle un resguardo que tenga imán y uña de toro. Le voy a dar algunas cosas que quiero que las haga todos los días.

Cuca Trápaga tenía allí un inventario muy grande y rápidamente le vendió a mamá dos estatuitas de San José, estampitas, unas cintas de colores para que me la amarrara en la cintura y no me las quitara hasta que ellas mismas se desgastaran y un potecito con una solución verde olorosa a perfume barato y alcoholado. Este último, para que me hiciera una cruz en los pies antes de salir para la escuela, mientras decía "que Dios te acompañe y te proteja siempre, amén". Me ordenó que antes de acostarme, dijera "con Dios me acuesto, con Dios me levanto, con la Virgen María, y el Espíritu Santo" además de la oración del Ángel de la Guarda y todas las mañanas al levantarme, dijera "me saco lo malo que llevo por dentro". Me dio cita para el sábado próximo.

Cuando llegamos a la casa, mamá enterró con urgencia una estatuita de San José, con los pies hacia arriba, en la entrada en la casa y otra al lado de mi ventana. Escondió todos los demás ingredientes.

—De estas cosas no se habla a nadie. Pero tú, por si acaso, vas a la cita la semana que viene —me dijo—. Luego que terminemos, tendremos que confesarnos.

Y con un suspiro profundo, dijo:

—Y que la Santísima Virgen nos guarde y nos acompañe

Cruz Antonio González Astorga
México

Cruz Antonio González Astorga.Nací en Escuinapa, Sinaloa. México. Vivo en Culiacán, Sinaloa.Estudié en la Escuela Normal de Sinaloa y en la Facultad de Derecho en la Universidad Autónoma de Sinaloa.Profesor de primaria en la escuela "Lic. Benito Juárez", en Navolato, Sinaloa.Participé en la publicación de un libro de cuentos titulado "Estero de Cuentos", algunas revistas literarias y suplementos de cultura en la prensa.Tengo 37 años, nací el 3 de mayo de 1979.

EL REY DEL ASFALTO

El Rey ha muerto, rezaba la expresión popular ante la explosión del suceso en las redes sociales. Infinidades de voces, autorizadas y no autorizadas, se empeñaban por ser vistas ante el inminente suceso. Los cientos, tal vez miles de comentarios giraban alrededor de una persona que quizá nunca vieron en sus vidas, ni cruzaron palabras directas o virtuales, porque hay que decirlo, no a cualquiera se las dirigía, así es esto de cortejar a los famosos en la época de las comunicaciones.

La enfermedad le había carcomido los interiores, y pese a su tozudo ánimo, las fuerzas se desvanecieron hasta perder dignamente su lucha contra la muerte. Años atrás gozó de las mejores recepciones, donde sus pies pisaban eran recibidos con estruendosos aplausos, el choque de las copas, las fotografías con personalidades del ámbito artístico, empresarial y autoridades locales.

En una cena de actores celebrada antes del invierno del año 2014, se le preguntó hasta dónde le llevaría su talento, respondiendo sin tapujos, "hasta donde la sociedad no puede llegar". Esa declaración elocuente con su carácter le valió infinidades de elogios y notas periodísticas, y cómo no iba de serlo, el hijo más representativo de estas tierras semisdesérticas, único que ha trascendido en un plano nacional desde lo local, con millones de admiradores en las redes, no podía recibir menos que buenos comentarios y augurios. Llevar la contraria, es sinónimo de insolencia y poca responsabilidad.

Todo iba bien, excepto una publicación en un medio de poca difusión, o mejor dicho, con poco mercado o audiencia. Un periodista desconocido hizo alusión a su arrogante personalidad que denota una burla al sentido común y una ofensa hacia el público en general.

La cosa hubiese quedado desapercibida, de no ser que otro, igual de impertinente, copió la nota y la pegó en su facebook, trayendo consigo una serie de conversaciones encontradas, la mayoría injuriando al columnista con palabras que el lector se imaginará.

¿Cómo es posible que un escritor desconocido, se atreva a ofender a nuestra estrella cultural?, ¿cómo un simple comentarista de cultura popular señala con su raída pluma la trayectoria de nuestro cometa más luminoso? Así discutía el círculo de actores al que pertenecía El Rey, hasta que, por fuerza de comentar sobre lo comentado llegó a sus oídos.

En primera instancia no le dio importancia, se sentía intocable, sin dar crédito a palabras sin mayor resonancia que lo inmediato y que por consecuencia, con el paso de los días pasaría sin dejar huella. Lo curioso, llamaba la atención uno de los párrafos publicados donde se hablaba del *"ocaso de los ídolos"*, aludiendo a las altas y bajas en la carrera del artista, y casi al final del texto agregaba: *"en los últimos 18 años, el artista no ha producido nada, ni siquiera una obra para la crítica o el entretenimiento"*.

En las siguientes reuniones de compañeros de profesión, las conversaciones ya no giraban en lisonjas, encuentros o sesiones fotográficas, aunque el brindis no paraba de sonar, se analizaban las producciones y representaciones de El Rey en los últimos años, como sugería el crítico de cultura popular, resultaba que no había algo que valiera la pena, absortos ante el vacío que se escondía tras su sombra, al unísono resonaron las voces como coro parroquial; "no importa", era y seguirá siendo nuestro Rey.

Hagamos un breve recuento de su vida, en sus inicios no todo fue como es hoy, tenía que rasgarse la piel para conseguir su sustento, no tenía el apoyo de su hermano mayor que era actor en la Capital, apenas abría puertas con su talento, entonces insuficiente para las exigencias de la gran urbe nacional.

Por esos años frecuentaba los bares de la ciudad, desolado, pocos amigos a su alrededor. Tenía pocos amigos, pero fieles, suficientes para no morirse de soledad y abandono.

Causalmente la suerte le vino de rebote, mientras su hermano mayor triunfaba, él era llamado para recibir los galardones a su nombre, de esa manera se abrió ante sus ojos el horizonte que necesitaba para darse a conocer como actor en montajes teatrales.

Lo curioso es que primero fue la actuación antes de saber actuar, le costó mucho sobreponerse a esa situación, pero era aferrado, con el tiempo se convirtió en buen actor, le asignaban estelares en obras clásicas adaptadas al mercado local. Viajó por el resto de la república, pero nunca dejó de ser el hermano de Benjamín Hernández.

El peso del hermano fue bastante, mas no le incomodaba, sentía gran admiración y aprecio que, al referirse a su persona nombraran el vínculo existente con Benjamín, hasta llegó a sentirse como su doble.

En la ciudad recibía los afectos correspondientes. Nada le faltaba, los días difíciles quedaron atrás, podía poner su propia estampa con la trayectoria emprendida con esfuerzo y sacrificio. En el gremio local su nombre ya era una referencia, ¿hasta qué punto era por mérito propio y hasta dónde por méritos de su hermano? No entraremos a discutir esa interrogante, sólo comentar que en el velorio, los medios dieron cobertura anunciando la muerte del "hermano de Benjamín Hernández", eso quizá atrajo al público al recinto cultural para su despedida, por ahí circulan los videos y fotografías alusivas; homenajes, canciones, recuerdos, palabras solemnes, llantos…tristezas.

Se llegó al punto de no prescindir de su presencia en los actos culturales, sea como juez o parte, expositor, tallerista o invitado de honor. El público conocedor de este ambiente le recordará todavía impartiendo cursos de actuación de la técnica de Stanislavski. Su carrera iba de viento en pompa cuando se le detectó la enfermedad, eso en lugar de aminorar su estampa de artista la agigantó.

Su vida dio un giro drástico, de ser una persona limitada a la actuación, se le vio en los eventos de beneficencia para niños de la calle, hizo de filántropo por las mujeres viudas de la violencia, patrocinó equipos deportivos estampando su firma, inauguró escuelas en las zonas periféricas, organizó festivales culturales. Muy activo se le vio, su círculo se amplió, a sus costados no sólo caminaban actores, también luchadores sociales, religiosos, mujeres activistas, bicicleteros, vendedores ambulantes, campesinos, comerciantes del mercado, huaracheros, maestros, locutores de radio y un sinfín de personas de distintos sectores sociales.

Con estas actividades su salud, ya deteriorada, se marchitó aún más. Se supo abrazado por la muerte, pero se aferraba a batirse con ella hasta en el último suspiro. Los dos, en un duelo mortal; la muerte, muerte de sí y muerte de él, jugando a engañarse y encontrarse para fundirse en eterno mutismo y silencio.

Cuando llegó el día que se sabía estaba acechando, las redes estallaron dando el pésame a tan destacado hombre. La ciudad se puso de luto, le lloró completa, hasta los perros y el cielo lloraban. El ambiente fue cubierto por una capa gris y lúgubre.

Todo eso miraba desde la pantalla de una computadora, las imágenes desoladas y tristes, las palabras de angustias, pésame y dolor.

Muchas expresiones de gente que ni siquiera lo conoció se sumaron en el viaje de las condolencias. Pude ser uno más, pero me abstuve, me puse a pensar, ¿qué dirán de mí el día que me muera?, ¿me llorarán realmente o sólo fingirán el dolor de mi partida?, ¿qué palabras de aprecio les mereceré?, si todo eso que leo en la red hacia el actor apreciado, ¿lo dirán también de mí?, ¿mereceré el perdón de todas mis faltas?, ¿por qué tenemos que esperar la muerte para decir palabras elocuentes y de cariño?, ¿remordimiento de conciencia o hipocresía?, ¿qué dirán los que me conocieron, y los que no me conocieron?, ¿será la muerte (la mía) un montaje que conecta la vida desde la red?, ¿o en todo caso la muerte también es virtual?

Apagué la computadora y salí a fumar un cigarrillo para espantar los malos augurios… aún se escuchaba el sonido de la banda y los llantos al pasar la carroza fúnebre

Franklin Galarza
Ecuador

Contador Público.-Bachiller en Ciencias de Comercio y Administración

Licenciado en Ciencias de Comercio y Administración.- Universidad Cental del Ecuador

Doctor en Administración Educativa.-Polictécnica Javeriana

Tipógrafo.-Artesano Calificado

Pintor.-Miembro de la Asociación de Pintores de Pichincha

Escritor Ecuatoriano.-Participación 1er. Concurso Internacional de poesía Museo Alvaro Noboa Naranjo Municipio de Quito.-Escritor de Cuentos.

Primera Participación en el lanzamiento Internacional de Escritores en " Sueños y Secretos" Cuento & Poesía.

BARRIOS

La nostalgia es como un león terrible, fastuoso, lleno de solaz inquietud, para quienes saben llevar el alma al compás de todo cuanto en la naturaleza existe... Caza la presa, la analiza, se convergen en varias líneas de ataque y sin embargo es la hembra quien la zigzaguea, la guía, separándola del grupo... La presa si está famélica, pretende huir; es la manada en espantosa huída. Emprendida por aquella alarma. La huída se centra hacia el espanto que las guía sin control, una vez ya en las fauces, se pasa la lengua por las garras y labios chorreando sangre, se lame y relame, victoriosa; el macho quien la increpa, se hace de la presa y en sus ojos, sanguinosos ojos se abastece, se sacia, ya lleno se retira para que los demás puedan asirse del resto, efectivamente pedazos, detritus, el acabose de su festín. Así podríamos decir "Estar en la edad de la sinceridad".

Caminaba por la Ronda, hermoso barrio entre los barrios, y me asaltó a la memoria haber ido a la Argentina, nostalgia vívida pasé por el complejo Pedro Pompilio siglas que encierra a uno de los equipos favoritos "B.O.C.A."

Saqué mi calzado y en la estrella de Alfredo Graciani calzó mi planta del pie, como si tuviésemos la misma medida, seguí dando pasos como para encerrar a la presa, sin saber que todos somos aquel león. Llegamos a una calle con cadenas seguramente para evitar que vehículos se adentren, su rótulo decía "Caminito", un farolito color cielo cerca de un tiradero de basura, las hierbas como en la jungla deparaban el adentrarnos a la llamada civilización. En la pared como en talla una pareja de tangueros y músicos otra pareja, alguien sentado en la otra cornisa, recordando así cuando estuve en la "Gran Manzana", en New York, observé a una chica, o mina a la entrada del salón de baile. Todos bailaban, mi persona era también la única que no tenía pareja, me levanté, por supuesto tomando coraje, ya que los que me conocían se fueron cada uno con sus propios intereses, la invité a bailar, con toda delicadeza y dulzura, más me dio un rotundo "No", luego que terminaron de bailar todos, "cuál fue mi sorpresa" en medio del entablado la bailadora y su pareja, era la muchacha aquella que me rechazó, una contumaz bailadora que cuidaba su profesión, su talento, quedé sorprendido aunque no estupefacto, ya que la vida nos enseña cada día, que. . . Toda persona lleva en su interior a un artista, un talento y está en la humildad aceptar que el otro goza de mayor talento, sublime al nuestro. "¡Qué hermoso es el Tango!". Ahora puedo afirmar que Rosendo Nicolás Galarza fue amigo de Enrique Rodríguez Cadícamo, a quien entregó una guitarra autografiada para que sea entregada en manos de Carlos Gardel, y qué decir de algunas letras que compusieron los dos, ya que en el año de 1943 al 1945, asomó con el seudónimo de Rosendo Luna, Enrique Rodríguez Cadícamo seguramente con el tino y cuidado de que alguien, le reclame alguna autoría de alguna letra, digo los eruditos del tango sabrán que lo que digo es verdad, sino porqué asume aquel ¿seudónimo? Ya que su otro nombre es ¿Domingo?. Rosendo Nicolás incluso carecía de una pierna, y para llegar a San Juan decía "Hago guaraguas para subir a mi casa", calle que hoy se llama Galápagos, pero en la antigüedad, tomó el nombre de "La Guaragua" él había estado realizando un altar en la plaza de Santo Domingo, exactamente dentro del templo de Santo Domingo, su profesión "Ebanista, Carpintero, Músico", como decían antes las abuelitas "7 oficios, 14 necesidades", le manifestó a Enrique Rodríguez Cadícamo que él no debería estar en ese sitio, ya que no sabría si "Está o Es Domingo", broma que pasó de boca en boca, hasta llegar a mis oídos, Gardel recibió la guitarra, lastimosamente fallecía el 24 de junio de 1935, y Rosendo Nicolás Galarza, el mismo año en el mes de noviembre. Se cuenta que alguna vez lo llevó a través del Panecillo hacia el barrio de la Magdalena en una noche de Luna Llena para visitar a una moza que tenía, ocasión que sirvió para mostrarle la otra montaña del barrio en que vivía llamado San Juan, al que lo llamaban "El Templo de la Luna" maravillado al saber que su amigo había fallecido, tomó el seudónimo de Rosendo por Rosendo Nicolás Galarza, y Luna por aquel hermoso momento en que observó la - Luna Llena- iluminando aquel sitio que alguna vez tendría un templo de los Incas. Me pregunté aunque no bailaba el Tango, una historia que hoy me atrevo a contar como un cuento ¿Sabrá ella que al bailar un tango, está bailando una letra compuesta por mi abuelo?, sí no lo conocí; las personas que se sientan como tales no olviden que nuestros ancestros dejaron lo mejor de nosotros para estar aquí. Todos tenemos algo que contar, "bailadora de tangos".

Unos pasos, iluminados por el sol, allí se había levantado un busto al amor de los amores "La Madre, sosteniéndose la cabeza como preocupada rodeada apenas de un árbol asfixiado por adoquines de piedra que limitan seguramente hasta ahora su libertad, cuando lleguen a caer sus semillas, será su vejez, la que terminará en aquel sitio, ya no sobresaldrá la naturaleza sino aquel fervoroso monumento y el monumento a la aniquilación asfixiante del hermano árbol. Sin que por los alrededores recostadas cómodamente en los estrados, de sus viviendas hablarán cosas indiferentes, entre dos o más amigas íntimas sin saber que también el árbol percibiendo el ruido y el hablar, será simplemente, un finado más. Seguramente se repartían en aquellos aposentos como presintiendo en disimulo aquel futuro, suspirado por aquel árbol entre el agua-mate acompañando a esa sencilla y profunda filosofía que conquista y hace de su vista gorda sin reflexión, sabiendo que el árbol es el único que escuchaba aquella conversación "Con atención"

Caminando como lo estuve haciendo en la Ronda, este sitio "Caminito" me llevó hasta un cuadro llamado "Esperando la Barca", claro que luego de haber pasado por

59

el Gaucho cantor, símbolo de los grandes como: Facundo Cabral, Jorge Cafrune, Mercedes Sosa, Atahualpa Yupanqui, y otros que no me asaltan la memoria, un monumento a la Esperanza, ver a las mujeres con sus hijos, herencia de conquistadores, herencia de aspiraciones, con ropas humildes, como lo fueron los Onas, los "Escondidos", entrando a esa vorágine llamada "Civilización", el fondo, de la única esperanza. . .El cielo; en una palabra, lo que yo podía ver, su pena llevando atado un hombre su pañuelo para suavizar el calor, y sudor de aquella dura jornada, quien puede adentrarse en el corazón de cada uno de ellos, ni siquiera podría ponerme el calzado de aquellos que dejaron su tierra para poder avanzar en. . .Un infame quien piensa en sí mismo, una esposa, una compañera, un amigo. . .Un hijo porción de nuestro ser, un avance hacia el mañana. Cuentos, historias que podrían llevarme a los más profundos sinsabores del alma, a un mañana sin amaneceres, ya que la felicidad la quitaron. . .La escondieron en varias monedas, si acaso deberíamos nacer con un letrero que diga: "Prohibido nacer libre", tu vida vale 30 años, 40 o más atado a una consigna, denominada 40 horas, cada minuto atado a unos cuantos pesos. . . Para preguntar en dónde quedó "El Mate" y la "Pipa de la Paz".

Podríamos decir también ¿en dónde quedó el poncho? Entes, simplemente cabecitas a las que en una bebida de morocho con humitas, se las recordará dando lo mismo, humitas o cabecitas.

En hojalata, la imagen de la Reina de todo lo creado, maravillosa obra, para ello el artista consagró a la mirada del transeúnte para que no siempre crea que la vida solamente se halla aquí en la tierra, sino en el Universo. Recordándome el canto de Laura la última Ona. Por esto me permito contarles y escribirles la hermosa canción a las montañas de Argentina. Qué es un cuento sino se acompaña con el sentir de un pueblo, revivir sus sentires, palpar su tierra, para cobijarnos como ellos en la piel del Guanaco, en sus palabras, en sus faenas diarias. El aire y las montañas son las que pueden contarnos de la libertad y pureza que les precedió, para orientarnos hacia el río, sangre pura de la tierra, manjares regados para proveernos de viñedos. Grita, canta tierra por tus hijos que hoy alguien cuenta de tus hijos.

KIEPJA (LOLA) – SELK´NAM

ONAS

Usaba piel de guanaco y su tienda también cubierta
de piel de guanaco en donde ella nació

CANTO

Aquí estoy cantando
El viento me lleva
Estoy siguiendo las pisadas
de los que murieron
Se me ha permitido venir a la Montaña del Poder
He llegado a la gran Cordillera del Cielo
El poder de aquellos que murieron vuelve a mí
Del infinito me han hablado
Aquí estoy cantando
El viento me lleva
Estoy siguiendo las pisadas
de los que murieron
Las huellas de los que
murieron están aquí

Entoné la música del indio me fui extasiando con la
danza, acercándome a la ventana y aquella montaña que la

miraba desde lejos se asemejaba a toda la cordillera, desde siempre la tierra es una no lleva nombre, es el Padre, es la Madre que nos brinda sus frutos, su tierra para cultivarla, para exprimir las uvas de la conciencia, lo será de las manos, en cuanto a la imaginación, creo que andará suelta.

Los niños deberán ir con sus bolsillos llenos de ilusiones y deseosos de saber que esta tierra como lo dice el Puma, el águila "Esta Tierra es mía", por algo el río no necesita de piedras para ser sostenido, el hombre es el único que debe valorar esas piedras para sostener al río, y la naturaleza para su vida.

Figúrese que ahora pensaba en cuantas cosas, que tal vez a ella se le negó, caminando como Mama Tránsito, otra luchadora, "¡sí India!", todos los epítetos que usted se imagine, pero ella permitió, en su inocencia unir el pasado con su presente, el indio con el Gaucho, o con los Comechingones.

Decía : "Una vez que se desgrana el maíz, ya no hay quien lo pare, todos los granos siguen en su orden" a lo que yo me pregunto, ¿la naturaleza quedará así de limpia con el eterno pavimento? ¿Cómo?. . .

. . .Una mazorca de maíz desgranada, sin sus granos para ofrecer?

Exactamente ella decía: "Nosotros, que hemos sufrido, que hemos llorado, que hemos chupado las cuerizas, las garrotizas, tenemos que estar unidos, porque la unidad es como la mazorca, si se va el grano, se va la fila y si se va la fila. . .Se acaba la mazorca". Lucha por la tierra, por los negros, por los guangudos, por todos, por la montaña, por la vida dignificante del hombre, no únicamente de ellos, sino de ellos para nosotros. Me dirán que esto no me ha pasado a mí, les cuento esto lo que ellas dejaron hoy lo estoy viviendo, así como una canción de Cafrune, les cuento hoy la estoy escuchando, voy llevando en mi sangre el tintineo de su voz, el coraje de su corazón, el olvido del hombre perfecto, aquel que tiene lucidez de catedrático, lo que no sabe que en mi sangre llevo el conocimiento del hombre que no esperó la foto sino su sentir, lo llevó a plasmar en la piedra, a gritar "Yo estuve aquí", ese eco del ayer que hoy lo llevo yo, ¿ sino díganme quién? ¿y ustedes niños? No se olviden que esto lo tenemos por almas como las de sus padres.

Me saqué mis zapatos, corrí por la hierba, abracé un árbol, sí me sentí como un loco, sembré un árbol de "Aguacate", y mi sorpresa en aquellas hojas, al caer la lluvia, así el hombre como un colibrí su plumaje de alhelí se acariciaba con el goteo de la lluvia, se fundían en uno, el cielo con la tierra, con la vida del ruiseñor, "sí " se fundían como cuidando el rocío del mañana, su plumaje jamás visto comulgaba con la naturaleza, obstinado con su baño, su tensión nerviosa, ni extremos, vigilante pero certero, unía su plumaje con las hojas y con la lluvia una simbiosis que pasa desapercibida pero es "Real".

Barrios que se van entretejiendo y a su vez aislando, hombres que van recorriendo con sus miradas, el árbol como el bambú esperando a algún sabio que quiera danzar al son del viento como cada hoja lo hace, un sabio que sienta el ritmo del tambor, de la cuerda en la guitarra, un sabio que abrace al árbol, al bambú hecho rondador, instrumento de aire, cada sabio que acaricie la quena.

. . .Es así:

"En la montaña había un Comechingón, que con poncho subía a la montaña, viendo al Cóndor agonizante, lo siguió hasta su cueva, hecha al borde de un precipicio, cuando él llegó, lo cubrió en su poncho, pensando que era de frío que él iba a morir, sacudiéndose, del poncho, abrió sus alas y dirigiéndose al hombre le dijo: Así como extiendo mis alas, luego de que la vida se vaya, regresa hasta esta cueva, le indicó que al cabo de tres meses lo que iba a encontrar, serviría para aquietar el sentir del hombre y agradecer con el viento de sus labios al viento que le permitió elevarse hacia los cielos, a las altas cumbres y agradecer a la Mama Pacha, uniendo con hilos de guanaco. Así lo hizo, al regresar en dicha cueva encontró los huesos en canutos, heredaba un hermoso rondador, uniéndolos como lo había dicho, el hombre sopló en lontananza, aquella música cruzó barreras, fronteras es así como el instrumento, sigue llegando a las manos de quien no mira diferencias, simplemente quiere agradecer al Gran Espíritu, a la Tierra los frutos que nos hermanan. Para observar como la Tierra cubre con una suave brisa siguiendo el compás de la música a todo ser. Al pavo, al puma, el águila, los gansos, patos, madrigueras, llenando en lontananza con su sonido para que el eco devuelva su armonía, y surquen el inmenso cielo, no solo las golondrinas capaz de acercar al hombre en sus viviendas el amar, y a los niños con su alma tierna un grito de gracias entregar al nacer quedando en la bóveda terrestre y celeste como un hálito de vida. Hasta el río su caudal fluye con frescura y ternura, por ello cuando escuchemos un rondador, una quena o cualquier instrumento es devolver al Cielo su Candor. Además aquel Comechingón tomó las plumas, se hizo un penacho abriendo sus manos agradeció al Cóndor quien demostró ser hermano y compañero de la soledad del hombre para que encuentre en los sonidos y su canto la gratitud hacia sus ancestros que también danzaron con ese excelente resoplido musical.

Por eso modero y acallo mis deseos, y pido llegar a donde llegar no puedo. El otro sufrió y creó su talento mejor que el nuestro. Por eso respeto y venero las obras de sus manos, los hoyos en las rocas para tener agua, sus piedras de moler, su siembra, todos somos hermanos.

Alguna vez me propuse caminar por el campo, sentí que alguien me decía "Sácate tus zapatos que la tierra que hoy pisas, es la ceniza de tus ancestros", ¿Cuánto tiempo crees que ellos estuvieron por estas sendas. . . Cuántos se pelearon por estas tierras. . . Cuántos dieron su sangre porque tú estés caminando y despreocupado. . . Cuántos árboles fueron quemados, dispuestos para leña. . . Para dar calor, acaso no sientes que aquel arbusto tuvo también su descendencia, acaso eres tú y únicamente tú el que debe continuar sin ellos por esta vida?

Abrázalo, al hacerlo me asaltó una pregunta ¿Porqué cubres con tu sombra a la hierba? "Son mis hermanas menores, que con sus raíces sostienen la tierra, sus raíces envuelven al siguiente, así sucesivamente, adentrándome al silencio del camino como un barrio sin nombre, recordé que los años continúan y jamás pasan por el recuerdo, hasta llegar al camino andino, y ese camino sostenido en raíces, hasta llegar a los manglares, pensando que allí se terminaba, a la orilla del mar, y no fue así, me mostró que las algas y corales también unen sus raíces con la de los manglares, "Hombre no hagas ni sientas que tu talento es mayor al de los demás", surge a la otra orilla que al otro lado también puede surgir otros corales y otros manglares. "La tierra es una y esférica".

Gladys Viviana Landaburo
Argentina

Escritora, poeta y editora fundadora de:
Del alma editores & Eco Editorial Argentina.

AQUELLA NOCHE CUALQUIERA

Era una noche cualquiera y *Le Petit Bleu* como siempre con sus mesas ocupadas por los asiduos que disfrutaban de esos encuentros nocturnos entre café y café... Y la paz característica del lugar se vio interrumpida con la llegada de Victoria Maldonado – una mujer de unos 80 años que vivía a escasos 50 mts- en busca de ayuda por la desaparición de su única hermana. Esta había salido a comprar algo y no había regresado... Las Maldonado eran vecinas muy conocidas por todos los presentes que en mayor o menor medida trataron de colaborar en la búsqueda, pero entre todos uno fue más solícito. Estamos hablando de Rogelio –un cuarentón rubio de ojos verdes que estaba junto a su joven esposa Verónica-, Victoria simpatizó de inmediato con la pareja y aceptó que la acompañaron para encontrar a Dolores... y en minutos ya habían dado con ella y la calma regresaría, pero, tal vez no por mucho tiempo...

Pasaron los días y se hizo habitual que Rogelio pasara por la casa de Victoria y Dolores para ofrecerles su colaboración para lo que fuera necesario y las hermanas Maldonado empezaron a verlo como a un familiar de la mayor confianza, y dado que ellas eran solteras sin hijos, decidieron compensar a Rogelio por sus cuidados y lo nombraron administrador de sus propiedades, dándoles un poder sin restricción alguna, mostrándoles el grado de estima que le tenían. Y así es que todos los inquilinos empiezan a tratar con Rogelio todo tipo de asunto respecto de los alquileres, y conoce a Gloria y su esposo Humberto Bravo –este era un abogado que llevaba muchos juicios interesantes- y una vez más Rogelio suelta su simpatía para cautivar y atraer nuevas amistades para porqué no en algo beneficiarse…

Y empiezan a compartir largas charlas Rogelio y el Dr Humberto Bravo, hasta que Rogelio empieza a mostrar algo de su real cara, de su ambición desmedida que afloraba revelando ese ser oscuro que sin pudores se lanzaba a buscar quien lo apoyara para dejar de ser un administrador y pasar a ser el dueño de todo sin importar el mostrar bien la hilacha, porque aunque por azar la vida le trajo a Victoria aquella noche y conocerla era como haber ganado un premio en la lotería, Rogelio no quería esperar nada, quería ya disfrutar de todo sin rendir cuentas de nada a las hermanas Maldonado… Y se engolosina con el dinero que no le era propio y las hermanas empiezan a pasar necesidades y se van dando cuenta de lo cambiado que estaba todo para ellas, pero al no administrar sus bienes no tenían el dinero para revocarle a Rogelio el poder que le habían confiado y esperaban se venciera el tiempo por el que se lo habían otorgado y no renovárselo, pero Rogelio también iba a contrarreloj –le quedaban quince días para que se extinguiera el poder que le habían otorgado- y buscaba alguien que lo apoyara para fraguar la venta de todo y así apoderarse bajo la fachada de un testaferro…

Y se corre la voz acerca de lo que estaba ocurriendo con las hermanas Maldonado, pero sus inquilinos sabiendo del poder que tenía Rogelio para administrarlo a todo, no querían verse involucrados en algo que los perjudicara por lo cual seguían realizando sus pagos al administrador viendo por sí mismos y no en lo que estaban sufriendo las auténticas propietarias (Victoria y Dolores)

Pasan los días y Humberto y Gloria son invitados a cenar en casa de Rogelio y Verónica… Gloria no era gustosa de visitar esa casa porque todo lo que estaba pasando hacía que sintiera profunda repugnancia, rechazo y desprecio por Rogelio, pero Humberto sí quería ir, por eso lo acompañó.

Mientras iban viajando hacia lo de Rogelio, Humberto sintió que debía decirle a Gloria el real motivo de esa aparente visita social y muy naturalmente le cuenta que Rogelio recurrió a él para obtener el dinero para realizar todas las escrituras de los bienes de Victoria y Dolores, y que él aceptó facilitarle el dinero para que lograra realizar su plan para dejar de ser tan solo el administrador y convertirse –aunque con testaferro de pantalla- en el dueño de todo.

La indignación , decepción, impotencia que le causó a Gloria el enterarse de semejante injusticia, hicieron que se le cayera la venda de los ojos y empezara a nacer un abismo ineludible que marcaría las campanadas de un tiempo que cerraría la puerta de lo que no quería para sí y de una relación basada en la mentira, dado que Gloria jamás imaginó que Humberto fuera capaz de tamaña maldad, y se encontrara así un día, despertando de haber estado muchos años de su vida junto a un ser al que idealizaba, pero al que recién empezaba a conocer ...

-El tiempo y el dolor hicieron mella en la salud de las hermanas Maldonado, fallece Dolores, y Victoria después de perder hasta la casa en donde vivía en manos de Rogelio, termina sus días en un gris asilo público, sin terminar de comprender el porqué de su triste destino…, desencadenado desde aquella noche cualquiera.

Marcela A. Lotta
Argentina

Nacida en la Ciudad de Buenos Aires - Argentina, el 29 de Septiembre de 1964, hija única de Luis Enrique Lotta, contador autodidacta y Regina Bietti, docente y poetisa aficionada.

Contadora Pública recibida en la Facultad de Ciencias Económicas de la Universidad de Buenos Aires a los 23 años de edad, visiblemente sensible y apasionada por las matemáticas como así por las letras, su mejor manera de comunicarse y expresar sus emociones.

Escribe desde su adolescencia y actualmente participa en el Portal Literario de Internet "Versos Compartidos" compartiendo sus letras y moderando los foros de "Prosas muy cortas" y de "Versos que son canciones", donde fue reconocida con varias distinciones a sus poemas y prosas.

Autora del libro "Alborada" editado en abril de 2015 por Del Alma Editores donde se pueden encontrar poemas que llegan al alma siendo una serenata a la vida y a los tiempos que vendrán.

Actualmente entre las horas libres que le deja su profesión, prepara nuevas ediciones de poesía y prosas.

PARODIA DEL GÉNESIS – ADÁN Y EVA EN UNA SITUACIÓN COTIDIANA (I DE LA SERIE PARODIAS)

-Queremos tener abuelos papá. Queremos saber de ellos papá. **¿Por qué no los podemos conocer? Cuéntanos de** ellos...

-Son temas de familia y aún son pequeños para saber, vayan a jugar con los animales nuevos...-Contesta el padre.

-No, no iremos sin saber quiénes son nuestros abuelos, que le has a pasado...-Replican los niños

Y entonces Adán llama a su mujer, mientras reta a Caín quien tortura a su hermano Abel haciéndole piquete de ojos:

-Viejaaaaaaa, le contestas a estos pesados que ya me están pudriendo la manzana.

Aparece Eva, mientras se coloca en la posición de madre aguantadora y sabia y les responde:

Lo siento criaturitas de Dios, no tienen abuelos.

Satisfechos los niños, se van a jugar con el árbol del fruto prohibido para continuar la especie entre sus hermanas.

Adán se queda perplejo mirando a Eva y consternado llora al no haber podido resolver él mismo esta situación familiar. No llores Adán - le dice Eva- eres un buen padre y actuaste como tal, así será por generaciones y generaciones.

Conforme parcialmente pero sin ahondar demasiado en sus emociones y en la respuesta contundente de Eva, Adán se va a probar una nuez que le queda atorada en la garganta pero no lo molesta.

Eva, sonriente y murmurando "hombres", sigue depilándose las piernas con las tenazas de un alacrán.

PARODIA DE ADÁN Y EVA – CONFLICTOS DE PODER (II DE LA SERIE PARODIAS)

Era un día como cualquiera en el Edén, Eva se levanta temprano hace el jugo de manzanas para el desayuno y se los sirve a la familia, va a despertar a cada uno y les alcanza su hoja de parra para que se levanten y no se resfríen. Luego de desayunar, todos emprenden sus actividades sin dejar de escuchar las recomendaciones de Eva:

- Caín no te olvides de ponerles una guía a los nuevos árboles. -Ok vieja, dice Caín

-Adán ¿por qué no vas a ayudar al nene? – Sí querida, responde Adán.

-Abel, ¡no te vayas sin darme un beso! ¡Cuídate de tu hermano!- Sí mamá, responde Abel

-Hijas, ordenen la casa mientras voy a buscar una pata de cordero para la comida. Sí madre, responden las niñas.

Vuelven a su hogar y se reúnen para la comida y Eva comenta que la pata de cordero que ayer la consiguió a dos manzanas ahora estaba a tres. Le dice a Adán que debe plantar un nuevo árbol porque la economía del Edén estaba afectando el bolsillo de las hojas de parra de la familia.

Adán en voz baja sin que Eva lo escuche comenta: -¡me tiene inflado...! dando origen a la palabra inflación flagelo de todas las economías de las familias venideras. Eva escuchó que Adán dijo algo por lo bajo y le pregunta que había dicho, a lo que él responde:-dije sí querida.

Termina la comida y Eva imparte un par de órdenes más como: levanta la mesa, ayúdame a secar los cocos y vayan a dormir temprano.

Ya acostados en el lecho marital, Adán abraza a Eva a quien le afecta un terrible dolor de cabeza, por lo cual hoy no procrearán a ningún descendiente. En esa situación de intimidad, Adán pregunta. -¿Crees que soy un buen jefe de familia, cariño? A lo que Eva responde: -Sí gordo, eres un excelente jefe de familia, es más eres "el mejor".

Ambos duermen plácidamente pero en el rostro de Eva la sonrisa de satisfacción y picardía le duró toda la noche.

PARODIA DEL GÉNESIS – ADÁN Y EVA- LA PRIMERA PELEA DE LA PAREJA (III DE LA SERIE PARODIAS)

Era un Domingo plácido en el Edén, día en que se les enseñó a "los primeros" a descansar y disfrutar de distracciones. Eva y las niñas compartían unos nuevos diseños de hojas de parras, con algunas transparencias y encajes de semillas pegadas con babosas y telarañas y flecos de maíz seco.

Adán había empezado a criar panza típica de los hombres luego de unos años de convivencia por lo cual decide empezar hacer un poco de ejercicio. Le avisa a Eva que irá a caminar para estar en mejor estado y se va a dar un paseo.

Habrá dado cincuenta pasos y algo cansado se sienta apoyado contra un árbol y en eso ve como unos cachorros de leones juegan con una calavera de oso haciéndola rodar entre sus patas. Eran cuatro cachorros y al parecer dos querían llevar la calavera para un rincón y los otros dos querían llevarla para el otro lado. Adán comienza a entusiasmarse viendo el juego de los animalitos y comienza a alentarlos. –Esa cachorro que no te la saquen, que no te la saquen, pasala, pasala,pasalaaaaaaaa uhhhhhhhh. Ahora sí, hagan una pared, toco y me voy , defendéé el rincón, bieeeeennnnnnn!! pásala, pásala, no seas goloso no seas gooooooooolllllllllllllllllllll oso. jajaja que bien cachorritos. Adán se encuentra muy entusiasmado con el juego que está viendo

Mientras tanto en la casa, Caín lastimaba a Abel con un mosquito que le dejó el culo lleno de picazones. Eva se la pasaba gritando y la serpiente, que siempre rondaba por ahí, reía a más no poder. Eva decide ir en busca de Adán, que ya tardaba mucho en regresar, para que le ayude a poner en vereda a Caín. Camina 50 pasos y se lo encuentra tirado en el piso gritando a lo loco a los cachorros y le comienza a hablar:

-Mira Adán, no sé qué haces, se supone que caminarías.

-Ahora no, contesta Adán

- Ahora no ¿qué? Caín está molestando a Abel y no me hace caso, necesito que vengas a ayudarme.

-Ahora no, responde Adán.

Eva se vuelve furiosa y no le habló a Adán por casi una luna. Esta fue la primera pelea de Adán y Eva que lógicamente surgió por ver lo que años después se llamaría un partido de futbol.

A todo esto Dios ya estaba viendo que todo le se le había al carajo y que haber dejado que el hombre ejerza su libre albedrío ocasionaría graves rencillas sumando, también, la participación activa del ángel desafiante, decide mandar a Noé y a Noá (su esposa) a la otra punta del Paraíso a entrenar y hacer precalentamiento. ....¡ Hombres!

PARODIA DEL GÉNESIS – SE PUDRIÓ TODO (IV DE LA SERIE PARODIAS)

La promiscuidad entre hermanos, primas, tíos de la familia de Adán y Eva era tal, que el Creador ya se estaba cuestionando seriamente en dónde se había equivocado al crear a dichas criaturas. El punto crucial que enojó muchísimo al Constructor fue cuando Caín terminó matando a Abel.

La muerte de Abel aunque se dijo que fue por celos, fue en realidad por una discusión de polleras (o mejor dicho mujeres) ambos querían la misma sobrinita y como Abel era más guapo, Caín lo mató por envidia. Esa sobrinita terminó siendo la pareja del hijo de Caín. Este acontecimiento fue muy hablado en el edén sobre todo por Yohvé quien se encargó que todos lo sepan dando origen a los periodistas de espectáculos, chusmas profesionales.

El creador pensó como borrar a todos estos infieles, corruptos, holgazanes, y puso en práctica el plan B que consistía en confiar a Noé aunque dudaba del éxito porque estaba un poco grande y sordo.

En otra parte del paraíso Noé seguía haciendo precalentamiento y el Creador le dijo: -Llegó tu hora Noé, entrarás en escena- le imparte todas las instrucciones y luego se retira a orar para que estaba vez la humanidad, luego de la gran limpieza, resurja bien.

La alegría de Noé era inmensa y comienza a correr como loco juntando palos para construir lo que le había pedido el Creador. Entonces clava en la tierra un palo y a unos metros el otro, y coloca sobre ellos un palo transversal. Con esa tremenda alegría recoge algunas lianas y las entrelaza formando un buen enredado y lo pone desde el palo que estaba arriba asegurándolo en el pasto.

- ¡Terminé, terminé! Señor venga a ver, que ya terminé. – exclama Noé a los gritos de euforia-

- Pero ¿qué hiciste Noé? – Le dice el Creador sorprendido y haciendo montoncito con ambas manos.

- El arco señor. Ya me imagino a la multitud cantando: ¡y ya lo ve y ya lo ve, este es el arco de Noé!

- ¡Noé cada día estás más sordo! Te dije que construyas un ARCA no un ARCO. Ponte ya mismo a hacer lo que te pedí porque si no entrará un suplente en la historia.

Noé avergonzado y temeroso de perder su puesto de

trabajo, se pone a fabricar el ARCA, mientras pensaba cómo iba a convencer a los animalitos (su plataforma política) para que se encierren en ella...

PARODIA DEL GÉNESIS – EL DILUVIO... (IV DE LA SERIE PARODIAS)

Una vez terminada el ARCA le enseña a su esposa lo linda que quedó. Ella lo felicita y le da sus "toques femeninos" como algunos adornos y guirnaldas para la inauguración y decide colocar unos cuadros vanguardistas clavándolos en el subsuelo del ARCA. La ocurrencia de su señora postergó la finalización unos días pues Noé tuvo que tapar un montón de agujeros que su adorable esposa había hecho en el interior.

Llega el momento más difícil: ir en busca de la pareja de especies que debían ser salvadas...

Decide hacer un aviso escrito y repartirlo por el paraíso. El aviso decía:

¡VENI ANIMAL- NO TE QUEDES AFUERA!

Exclusivo crucero visitando grandes extensiones de agua

Totalmente GRATIS para vos y tú pareja.

40 días y 40 noches con comida incluida.

¡No te lo pierdas!

Promo exclusiva, válida hasta agotar stock.

No arroje este volante en la vía pública

Los primeros en llegar fueron la señora y el señor cocodrilo que atraídos por las palabra GRATIS no quisieron perdérselo. Varias especies se sintieron atraídos por la aventura. Pero hubo algunas especies que Noé debió convencer.

Entre ellas la Sra Jirafa, quien engreída no quería compartir con la chusma del Edén un recinto tan reducido.

- Que bonita se la ve Doña Jirafa. – Muy gentilmente le dice Noé.

- Gracias Noé, es que vengo de la peluquería y me recorté un poco el flequillo. – Contesta la jirafa-

- Le queda muy bien, lástima que se avecina una gran lluvia y se le estropeará el peinado. – Noé astutamente la induce al tema.

- ¿lluvia? no me diga eso Noé, justo que me hice el alisado y que mi marido lavó el auto.- Exclama preocupada la Jirafa.

- Ahhh seguro que es por eso, nunca falla. Cuando uno lava el auto llueve y se ve que el Sr Jirafa hacía mucho que no lo lavaba pues la lluvia durará más de 30 noches y sus días. Mire, le propongo que se vengan con su marido al crucero y se seguirá viendo bella por muchos siglos.

-Gracias Noé, sí, sí, iremos en seguida.

¡Bien! Convencida la jirafa quedaba el Sr Elefante.

-Sr Elefante ¿Cómo es que no vino al gran viaje que haremos todos los animalitos y mi familia?

-No, para qué Noé, somos muy grandotes…

-De ninguna manera Sr Elefante, ¿Ud no sabe la canción?

-¿Cuál? pregunta intrigado el paquidermo

-Un elefante ocupa mucho espacio, dos elefantes ocupan mucho más. Tres elefantes ocupan mucho espacio, cuatro elefantes ocupan mucho más…. Y así fueron cantando y riéndose derechito al Arca. (Nótese que antigua es la canción en cuestión.)

El único animal que no pudo ser convencido fue el mono. Argumentó que él con la ayuda de Darwin evolucionaría solo y que luego discutirán sobre la veracidad de Noé y todas sus fantochadas. Muy herido Noé por las palabras del mono, lo dejó y siguió con su loable obra.

El cielo comenzó a oscurecer y antes de que llueva todos los animales gritaban ¡FOTO, FOTO, FOTO, FOTO! Así que una hija de Noé les sacó una foto tal como la veríamos en la actualidad.

Antes de zarpar apareció una pareja de unicornios y con todo dolor Noé tuvo que dejarlos afuera pues con semejante cuerno, corrían riesgo de hundirse ante el oleaje. Lo mismo ocurrió con La Sra. y el Sr. Dinosaurio que debido a su gran tamaño (mucho mayor que el elefante) no entraban en el Arca y, de esta manera, se extinguieron ambas especies.

-¡Se largó ya, se largó ya! decía la hiena muerta de risa por la picardía de decir "la argolla" entre su frase, creando una sinalefa fonética.

-¡Wow qué loooco! decía el Sr león mientras miraba como todos los que se quedaron en el Edén iban haciendo glup, glup, glup.

Y así fue. Una nueva esperanza para la humanidad comenzaría, y el Señor se encargó de alimentarlos y de echar desodorante de ambiente por el tufo que salía de ese ARCA.

PARODIA DEL GÉNESIS – MATUSALÉN (V DE LA SERIE PARODIAS)

Pasaron 40 días y 40 noches donde Noé y su ARCA navegaron a la deriva hasta encallar en el Monte Ararart. La lluvia cesó, el Sol volvió a brillar y la inundación fue mermando hasta encauzarse en los ríos y mares. La alegría era inmensa, habían logrado sobrevivir al gran Diluvio Universal. Y con esa mezcla de alegría y tristeza por tener que despedirse fueron bajando todos los animalitos saludados uno por uno por Noé y su señora. Se pasaron las direcciones de email para no perder el contacto y se fueron alejando a medida que descendían del ARCA.

El Arca quedó destruida por el choque y como Noé era un tío muy prolijo la enterró en varios lados para que no quedara sucio. Por eso cuesta tanto localizar el lugar donde se halla la misma.

El Sr y la Sra Conejo habían tenido cría a bordo. Todos saben que además de tener buena vista por toda la zanahoria que comen, el poder reproductor del conejo es impresionante, son animales muy cachondos y de ahí vienen las célebres conejitas de Play Boy. También bajaron del ARCA unas cucarachas y ratas que habían viajado de polizones ya que no estaban incluidas en la lista de Noé.

Mientras se iban los animales, a Noé le cambió la cara de repente:

-¡Corazón, cielo!- Noé llama a su esposa. - Dime ¿Dónde está el abuelo?

-¿Cómo dónde está el abuelo? dice asombrada la Sra. de Noé – ¿No estaba con los burros?

- Pues no, los asnos ya se fueron y solos. - Chicos ¿Alguno vio al abuelo?- pregunta Noé, en tono de desesperación.

- ¡Yo! - Contesta el menor-Vi al nono antes de zarpar, fue a hacer el último pis por eso de la próstata que siempre le decías.

-¿Y volvió a subir?

-No lo sé papá. Estábamos tan ocupados acomodando a las especies que ¡quién se acordó del abuelo!. La verdad que ahora que lo pienso no lo vi caminando por el ARCA en estos 40 días…

- ¡Oh no! ¡Cómo no notamos la ausencia del nono! Nos hemos olvidado al abuelo…

Todos se miraron con culpa, revisaron de vuelta dentro de lo que quedaba del ARCA y sus alrededores hasta que confirmaron la noticia. El abuelo, el Sr Matusalén, no había subido al ARCA.

Matusalén es famoso por su longevidad ya que vivió casi 1000 años, para ser exactos 969 años. De no habérselo olvidado su familia hubiera vivido más.

Matusalén vivió tantos años porque tenía perfil bajo, en realidad todos se olvidaban de él, hasta en el cielo se olvidaron de hacerlo morir. Era un bueno para nada, pues lo único que hizo fue vivir tanto y servir para que carguen a los ancianitos diciéndoles: "sois más viejo que Matusalén". Así pasó este personaje bíblico a la historia, pero todo fue factible porque aún no había nacido mi tía abuela Leonilda.

Mi querida tía vivió 101 años y mi papá siempre que se refería a ella le decía: la Tía Leonilda es más vieja que Matusalén. Como todo lo que decía mi padre es palabra santa, a partir de ahora la persona más longeva será mi tía Leonilda y el dicho popular para todos los fieles debe ser: "es más viejo que la tía Leonilda". Amén.

La tristeza de la pérdida del abuelo angustió mucho a Noé y desde ese día adoptó su perfil bajo y nunca más se supo de él, solo que murió antes de cumplir los 800 años.

OFERTAS IMPERDIBLES (TOTALMENTE INÚTILES)

Ha comenzado septiembre y es la época de recorrer los shoppings en busca de las liquidaciones de invierno, para guardarlas para el próximo año. En mi recorrida por el centro comercial, en un local de SALE OFF 50 %, he comprado un colorido sweaters que me encantó pero el único problema que solo había un talle menos del que uso, así que espero poder adelgazar para el invierno próximo, para poderlo lucir. También compré a un precio in-creíble unos guantes de corderito forrados en cuero, aunque nunca usé guantes el precio era más que tentador y me regalaron por la compra una orden para pedicuría a unos… 60 km de mi casa.   Traje otras cosas, como un florero exclusivo para calas y un par de anteojos para ver en 3D ya que pienso comprarme la televisión en 3D que anuncian que próximamente estará a la venta en los negocios...

Ubico las nuevas adquisiciones en el desván y encuentro otras que aún no he tenido tiempo de utilizar pero que no me arrepiento de haberlas comprado, y muchas son de éste

fabuloso y novedoso sistema de venta telefónica...
¡Bendito sistema de compra!

He apilado en los estantes del desván (son estantes extensibles y móviles a la altura deseada adaptable a todo tipo de pared) unos libros del ab-tronic (endurecedor muscular) que he usado dos semanas seguidas hasta que se gastó la pila y no conseguí repuesto; unos lentes para el sol patentados por la NASA, que venía por el mismo precio con un protector solar anti rayos UV; unas cajas de te chino; una jarra térmica que mantiene el calor por 3 días (enteros) que nunca pude comprobar porque siempre consumí el líquido antes de los 3 días; un Ge sonic (coloca gemas en telas y carteras) que lo compré por si alguna vez quiero colocarle algún adorno a un vestido, la contra de éste es que el manual de instrucciones está en chino y no sé cómo hacerlo funcionar... Un aparato de mini gimnasio que no tengo lugar para ubicarlo, pero cuando logre mudarme lo re gastaré; un rallador con distintas medidas de rallado para vegetales que traía una oferta única de 1kg de cebollas más dos repasadores de toalla; cremas anti arrugas; libros de aprendizaje zen; videos para aprender a hablar en inglés y portugués, al mismo tiempo, mientras duermes...

Y hay más cosas maravillosas que he ido comprando por este sistema como: un grill eléctrico con bandeja para waffles; un ordenador de medias y zapatos; un perchero para corbatas totalmente plegable; un ultra magic light; y shampoo para evitar la caída del cabello, que por unos pesos más venía con el acondicionador y una peluca de regalo.

Lo único que estuve a punto de comprar y no lo hice, fue una bocina para avión... jajaja... ¡Qué ilusos!, ¿Se creen que alguna vez me voy a comprar un avión?

Ahh ¡qué satisfacción me da aprovechar las ofertas!

EL DÍA QUE ME QUIERAS... (MICROCUENTO)

El loco conectó la manguera a sus ojos y regó las flores del jardín con sus lágrimas mientras cantaba en silencio "El día que me quieras". ..Dejó para el final el riego del rosal lleno de pimpollos, pero enfureció al ver que ya no salía más agua de la manguera.

Mientras era trasladado al nosocomio con el chaleco de fuerza, cantaba una y otra vez, repitiendo como disco rayado, "la rosa que engalana"...

¿QUÉ PREPARO DE COMER?

Me rebano el cerebro todos los días para satisfacer a mis comensales con la comida, pero no consigo contentar a todos con lo que preparo. Es que mis comensales tienen gustos distintos, a uno no le gusta el pescado, a otro no le gustan las pastas; si hago ensaladas tengo que preparar dos, una de lechuga y tomate y otra de zanahoria y repollo; Si preparo milanesas para uno tiene que ser de carne, para el otro de pollo. Coinciden con la sopa, pero ahí es a mí a la que no le gusta (al igual que Mafalda, odio la sopa) Si hago algún guiso debo tener algún menú alternativo porque siempre hay alguien que no lo quiere.

Pensando en el menú de la noche me quedé dormida, y comencé a soñar:

Habíamos retrocedido en el tiempo, hasta el 10.000 a.c. vestidos como cavernícolas, terminábamos de comer los restos de Mamut del día anterior, que por cierto estaba muy sabroso. Había que volver a salir a cazar o pescar para poder vivir. Los hombres de mi caverna salen en busca del alimento, mientras yo elegía algunos frutos rojos maduros para el postre.

Llega el mayor de mis hijos con un pichón de velociraptor y el menor traía ensartado en su lanza 3 pescados bien carnosos.

Comienza nuestra conversación para ver qué comíamos a la noche:

-YO: uca, uca, uca uca? (¿qué quieren comer primero?)

-Mi hijo mayor: uca uca uca!! (¡¡el velociraptor!!)

-Mi hijo menor: uuuuuucaaaaa, uccaaaaaa (¡ni loco como eso!)

Y nuevamente la pelea se había desatado hasta en mi sueño y en la edad prehistórica. Pero tomé el garrote, se los impartí en sus cabezas y terminé cocinando ambas cosas y que coman lo que quieran.

En eso siento que me despierta la pregunta del día de la fecha:

- Mamá ¿qué comemos hoy?

-Yo: Ahora pedimos una pizza.

-Mi hijo menor: ¡Yo la quiero de pescado!

-Mi hijo mayor: ¡yo la quiero de velociraptor!

HISTORIA DE AMOR CON MI LAVARROPAS

Entre mi lavarropas y yo hay un amor especial. Es llamativa la alegría que manifiesta cuando tomo su cable y lo conecto al tomacorriente (creo que lo excita), luego se mece con el agua limpiándome toda la ropa de la familia. ¡Qué eficiente que es! Al llegar al centrifugado disimula su orgasmo ante los niños, que se retiran de su cercanía para no escuchar sus gemidos.

Pero hace una semana que no se siente bien, camina solo y su médico de cabecera me dijo que era demencia senil, y que tiene bronquitis pues está sumamente ruidoso. Es lógico el diagnóstico, pues hace veinte años que estamos juntos. Cuando el doctor mecánico se fue, lo miré y le dije: "Te pondrás bien viejito, sabés que te voy a cuidar"...

Hoy quise prenderlo y... ¡No funcionó más, lavarropas de mierda!

Alicia Navarro

Escritora Argentina nacida en la Pcia de Buenos Aires.
Reside en la ciudad de Santa María de Punilla – Córdoba

LOS NÁUFRAGOS

Sobresaltado, miré con terror en medio de la noche, era mi amigo.

La balsa improvisada, vehículo de nuestro camino a la libertad estaba sobre una parte de la bahía, escondida, esperando la hora ya estudiada para zarpar.

Acomodamos agua, comida y sogas, todo sería insuficiente, tres personas, un niño, el peso bien distribuido nos dejaría flotar.

Los lugares estaban asignados, remaríamos en turnos de a dos y si la corriente era demasiado fuerte de a tres.

Saltando las olas de las primeras rompientes estábamos en condiciones de trazar el rumbo.

Zarpamos agazapados, inquietos y con miedo, callados, cada uno pensaba, creo, solo en los 144 km que tendríamos que atravesar para salvarnos, solo hablábamos para corregir el rumbo. Muchos iguales a nosotros, no habían llegado nunca, el mar con sus corrientes los habían vencido llevándolos mar adentro.

No queríamos terminar así, integrando un número de gritos de libertad, que nadie, se molestaba en escuchar.

Durante la noche nos asaltaba la desesperación, veníamos avanzando desde hacía muchos días, ocho para ser exactos, las provisiones y el agua se agotaban.

Seguíamos impulsándonos a pesar de las manos lastimadas, el sol , la angustia y finalmente el cansancio que desvanecían nuestras esperanzas, teníamos el físico castigado y sobre todo el alma.

Once días, ya sin más fuerzas que la fe, pensando en lo injusto de encontrarnos en esta situación desesperada, divisamos casi alucinando, la lancha de la salvación.

Nuestra libertad estaba asegurada, el costo había sido alto, el viaje había cobrado la vida del niño, las miradas de mi amigo y su esposa se cruzaban, llorando en una mezcla de culpa y egoísmo por estar vivos, incapaces por nosotros mismos de subir a cubierta, la tripulación de rescate nos ayudaba, subieron el pequeño cuerpo.

No tuve más fuerzas, cerré los ojos, incapaz de seguir mirando.

MI PRIMER LIBRO

El otoño me retrotrajo a mi infancia, mirando desde la ventana al viejo almendro rechinando junto con los otros frutales por la llegada de su reposo, recordé la recolección de sus frutos y el partir de almendras contando anécdotas

Mi oído capto el sonido del viento que bajaba por la ladera este de la pequeña loma, supe la hora instintivamente, pero igual miré el reloj de reojo, era siempre la misma brisa en el tiempo señalado y particularmente en esta época, arremolinaba y mezclaba las distintas hojas...

No podía moverme de esa posición, mis ojos miraban, mis recuerdos venían y mi corazón palpitaba salvaje. Mi vista se perdió a lo largo y ancho del campo

El calor de la cocina económica templaba el ambiente y movilizaba el aroma del pastel de manzana, exprimiendo mis sentimientos.

Centré mi vista en el todavía frondoso manzano, pensé en mi primer novio, el despertar de mis ansias, el dejarme llevar, achacando la tentación, a la siniestra serpiente, por haber mordido la manzana del instinto. Me encontré risueña.

Mi gran capitana ya no pertenecía físicamente a este mundo, pero aún, nos ayudaba a cruzar puentes con sus enseñanzas, este era su rincón en el mundo, al que todos volvíamos.

No podía moverme de ese estado, el bolígrafo apretado entre mis dedos seguía siendo presionado protestando con el característico sonido del clic.

El atardecer comenzó a derramar su oscuridad, un frío agradable recorrió mi cuerpo, con la historia completa en mi cabeza, una taza de té, papeles garabateados desordenados, un gran pedazo de torta de manzana en venganza del pasado que ya no vuelve, me senté y comencé mi libro.

ME LEVANTÉ UNA MAÑANA

Me levante a la mañana me mire en el espejo y encontré a otra persona, no me asusté, miré curioso y asombrado una y otra vez para cerciorarme que estaba despierto.

¿Es que años de terapia por fin habían dado sus frutos después de contribuir a llenarle los bolsillos al terapeuta con años de psicoanálisis? Pensaba y miraba.

Me metí en la ducha con la cabeza llena de preguntas sin respuestas, tenía que analizar me decía en voz alta, *llamaría al Psicólogo para una consulta urgente o trataría de resolverlo solo.*

Cuando fui a afeitarme noté que mi rostro nuevamente había cambiado, comencé a asustarme, es que tenía que resolver este anacronismo porque el espejo me devolvía la imagen de ¡ Don Domínguez!

Me vestí de prisa y comencé a pasar por alguno de los espejos de la casa, eran tres y los tres me recordaban a cada paso una persona distinta.

Olvidé actividades, citas, trabajo, era fascinante y a la vez temerario, suponía que algo resultaría.

En el espejo cóncavo se alineaban las personas delgadas que habían pasado por mi vida, en el convexo los gorditos y en el plano todavía nada.... era raro, suponía que en algún momento de mi deambular por la casa de espejo en espejo se me aparecería algo, no lo sabía.

Puse atención en la distancia focal del plano, una flecha convergiendo como embudo directo a mi corazón o a mi cerebro, no sé decirlo con certeza, exploto en el vértice de unión en un punto de mi alma, vi todo claramente, montones de ideas se acomodaron, otras deseché, acepté lo que no tiene solución y comencé a priorizarme.

Evidentemente de alguna forma esta ristra de gente pasando a través del foco, que me reflejaba habían calaron hondo, dejando una marca en mi vida. Tomaban formas, pensamientos nuevos puntos de vista, perdonaba, creía, amaba, sentía. Se había reunido en una conjunción espiritual toda mi vida y entendía lo que es SER. Mis preguntas tan complejas antes, se habían contestado, mi conciencia asociada a lo que está bien y lo que está mal de pronto cambio.

Se había escapado por la tangente de todos los espejos, mi vida anterior. Estaba contento, la transformación no había sido tan brutal, me sentía muy bien en mi nueva cara.

Solo me faltaba hacer unos retoques y estaría cerrado el círculo.

Primero dejaría de analizarme y sobre todo tiraría los espejos.

Manuel Romero
Argentina

Escribe desde 1982. Publica en facebook desde 2013. Tiene pergaminos, distinciones, diplomas (103) de todo el mundo. Tiene 4 grupos poéticos propios como *HUELLAS DE SENDERO*. Participa de 50 grupos.

UN AUTÉNTICO RELATO

Septiembre de 2013

¡Qué mañana más hermosa! Hacía frío, pero faltan pocos días para la primavera, y ya los botones de las dalias, de todos colores, pugnaban por abrirse. Los primeros rayos del sol que pasaban entre los cerros más altos, se escurrían dentro de mi habitación a través de las cortinas. Desperté un poco sobresaltado y solo, como de costumbre. Hace años que tengo un cuarto para mí, solo. En realidad me despertó un fuerte dolor de cabeza. Raro, nunca me duele la cabeza, salvo casos extremos de nervios.Capitán, mi amigo el perro, me observaba atentamente. En un rincón del enorme cuarto tengo un cuero curtido de oveja, y allí duerme. Como todos los perros, posee los sentidos tan desarrollados que se dan cuenta, ven y escuchan lo que nosotros no podemos. Algo lo debe haber inquietado, tal vez el cambio de mi ritmo respiratorio, y él estaba atento, mirándome. Le acaricié su enorme cabeza y me levanté. Antes que nada, me tomé la presión. Estaba un poco alta. Saqué el pastillero e inmediatamente introduje una cápsula debajo de la lengua y un rato después, me tomé una pastilla azul de dos mg. del maravilloso clonazepam. Partí al baño matinal. Tengo una caldera que mantiene el agua caliente las veinticuatro horas, y allí, en las montañas, las mañanas son frías o frescas, todo el año. El vapor me hace muy bien, un ratito entre esas nubes me lubrica los pulmones y respiro mucho mejor. Me vestí sin hacer ruido, para no despertar a nadie, menos a mi mujer, que dormía como un ángel en el cuarto contiguo, en el silencio de las montañas, cosa que le hace muy bien. Y

salí de la casa.

El sol despuntaba en las cumbres, empujando amorosamente con sus tibios rayos dorados, como pidiéndole permiso a las últimas sombras de la noche, y poco a poco discurría luminoso y majestuoso, hacia las profundas quebradas. Algunas flores de cactus, en el fin de su efímera vida, escondían sus pistilos del sol. Cargué mi infaltable y vieja mochila, crucé el alambrado, con Capitán delante de mí, hacia la casa de mi vecino, don Mamaní.

Madrugador el hombre, estaba sentado cerca de un fogón bien encendido, al resguardo de un techo de cañas y barro, con la calma belleza de las llamas con troncos de arrayán y de tuscas, y con el mate en la mano,(calculo que ya debería estar cerca del número treinta).Yo tomo poco mate, a pesar de que me gusta, me causa mucha acidez, así que Mamaní me dio el acostumbrado jarro enlozado (creo que es el único que tiene) con un rico café suave calentito y un pedazo de tortilla al rescoldo. Es una tortilla que se cocina como el pan sobre un disco de arado viejo, de hierro grueso, sobre las brasas. Riquísima, corté un pedazo y se lo di a Capitán, que se la comió hasta las últimas migas. "Mamaní, qué te parece si me voy caminando hasta la lomita de la apacheta, me queda cerquita, apenas unas cuadras, tengo que llevar una ofrenda, pero no creo que pueda llegar al cementerio detrás de la loma, está un poco lejos, ¿Qué te parece?". "No patrón, ni se le ocurra, si quiere le ensillo la negrita y ella lo llevará". "No, no te molestes, haré el recorrido corto, así camino un poco, que me hace bien.¿ Tienes el celular?.Sí patrón, pero hay poca señal". "No importa, ya sabes dónde estaré", le dije. Lo saludé con una sonrisa y un sincero apretón de manos y nos fuimos. Al rato, pasamos por la plaza del pueblo, y ya

Lorenzo, el dueño del bar, barría la vereda, nos saludó como de costumbre, sonriendo de oreja a oreja y nos decía ¡"Ahí van los dos bigotudos"!.

Capitán siempre camina adelante, tiene un hermoso collar tejido de cuero, regalo del artesano, con una cinta de lana tejida que le cuelga en el enorme y forzudo pecho, y yo tengo una soga tejida con un gancho que le pongo en una pechera, (que también me la hizo el artesano y no me la quiso cobrar), y con su fuerza me ayuda a subir algunos senderos empinados. Amo a éste, mi gran amigo y fiel perro, enorme, hermoso, estatuario, manso, inteligente. Es mi más fiel amigo y compañero, en esas hoscas soledades de las montañas. En poco más de media hora, descansando de a ratos, caminando sin apuro, llegamos a la punta de la loma y a la "apacheta", nombre que le dan los lugareños a los altares de piedras, construidos para rendir culto a la Pachamama, la Madre Tierra. A la derecha hay un espinillo alto y tupido, que siempre nos presta su fresca sombra. Capitán olfatea el entorno y luego nos sentamos, yo en una piedra grande y él, echado a mi lado.

Descanso un ratito y me mido la presión. Normal, solo un poco aceleradas mis pulsaciones, pero es por el esfuerzo, así que me quedo tranquilo y abro mi infaltable mochila. Saco la botella de agua de Capitán y lo hago tomar del pico, luego saco la mía y le doy un buen trago. Realmente, para las personas que les gustan las montañas, la belleza que se puede observar cuando el sol comienza a tomar altura detrás de los picos altos, e iluminar los abismales barrancos del río Santa María, casi seco en esta época del año y se pasea embelesado por las cumbres y los sembradíos de maíz al norte y las plantaciones de uva negra al oeste, se hace imposible describir tanta serena belleza.

La brisa perfumada que acaricia las hierbas aromáticas, se escapa deslizándose suavemente por los barrancos de las quebradas, deliciosa y fresca.

En las orillas, pero cerca del fondo, con alguna humedad de los barrancos, crecen las totoras, unas varillas altas y hermosas que se usan para decorar los jarrones de las casas, pero a veces es muy difícil alcanzarlas, crecen en

lugares casi inaccesibles.

El rocío nocturno baña con su humedad a las pocas hierbas y la escasa vegetación y a fuerza de pasión, les arranca una acariciadora aroma, que se adueña de la brisa de la fresca mañana. La fresca y perfumada brisa eleva los pelos del lomo de Capitán y sacude sus largos y duros bigotes rubios. Él, eleva su enorme cabeza, oteando y oliendo el horizonte, saboreando el dulce aroma que se escabulle en el monte espinudo. Yo me saco el sombrero, listo para recibir en mi cara esos primigenios rayos del sol del día, dulce y tibio.

Camino unos metros hasta la apacheta y deposito allí las dos cintas color rosa que compré en la ciudad, atándolas a una piedra.Volví a mi lugar en la sombra y me senté en la piedra alta. Cuando lo hacía, me rozó la oreja derecha una dura espina, lastimándome dolorosamente. Abrí la mochila y saqué el pequeño botiquín y me puse una gasa con un antiséptico, mientras escuchaba al perro suavemente gruñir. Pero no me miraba a mí, tenía clavados sus ojos en un arbusto, también espinudo, con unas frutas pequeñas, color de las naranjas. En su raleada copa, se había asentado un gorrión de pecho amarillo, que picoteaba las frutas con gran entusiasmo. Inmediatamente se le agregó un compañero que también hizo lo suyo. Me llamó la atención que Capitán no miraba a los pájaros que comían y trinaban contentos por el alimento, tenía clavados sus ojos y toda su atención en otra cosa. Se desplazaba lentamente, escurriéndose trabajosamente por su enorme tamaño, pero con gran habilidad, entre las espinas grandes y muy puntudas. Cuando los pájaros comenzaban su trino, y dejaban de comer, aprovechaba para avanzar sigilosamente hacia ellos, todo lo que podía. Los hermosos gorriones inflaban su pecho amarillo y cantaban a más no poder. Agazapada, todo lo que podía, su cuerpo se mimetizaba casi por completo con el marrón veteado del delgado tronco. A mí me costó trabajo ubicarla, tuve que esperar que se moviera. A pesar de estar a no más de tres metros de distancia. Capitán no movía un músculo de su enorme y musculoso cuerpo, y se le habían encrespado los pelos de su lomo. Sólo la fresca brisa de la mañana sacudía sus bigotes y orejas, pero mantenía toda su atención en los

movimientos que observaba. A pesar del tamaño, mientras avanzaba hacia los pájaros sin prisa y sin pausa, tratando de no llamar la atención, muy despacito, moví la mochila y saqué mi pistola. En un momento me pareció que había notado mi movimiento, giró su gran cabeza y pude observar nítidamente sus ocho siniestros ojos negros, que me miraron por un momento. Me impresionó. Pero lo importante eran los pájaros, y ése era su objetivo inmediato. Extraje el arma y la remonté. Muy despacito me bajé de la piedra y me escurrí detrás de ella buscando un buen lugar para disparar. Debía hacerlo desde abajo hacia arriba, para evitar la desgracia de herir a alguien que circulara por el monte cerca de allí, con semejante calibre. La verdad, a pesar de que también siempre llevo un machete cañero largo y muy afilado, no me animé a arrimarme demasiado como para usarlo. Cuando en su avance por el delgado tronco, pasaba por un rayo de sol que la iluminaba, enorme y siniestra, veía perfectamente sus dos colmillos grandes y negros, amenazantes. Los gorriones seguían llegando. No abundan estos arbolitos con las frutas rojas, que según los chamanes (este nombre distingue a los viejos brujos de las antiguas tribus) sus semillas grandes como un carozo, a las personas les hace mal comerlas, les provoca "un mal sueño" pero la carne roja que las rodea es un elixir para los pájaros. Y su cobertura de enormes espinas la protege de los animales grandes, especialmente de las cabras, aunque conocen su veneno y tampoco comen sus brillantes y atractivas frutas.

La tensión del momento, aceleró mis pulsaciones. Seguía avanzando, ahí estaba su comida, escasa por esos lares y seguro de que iba a cazar algo. Era increíble que hubiera llegado tan cerca y tan mimetizada, que los pájaros, en su entusiasmo, no la vieron. Además, mi duda era si le acertaba o no el disparo, no soy un buen tirador, a pesar de que estaba muy cerca, quizás podría darle a alguno de los pajaritos. De pronto se detuvo, y se inmovilizó. Vi que elevaba su céfalo tórax, levantó sus horribles colmillos negros y se preparó para su salto inminente. Como un reflejo automático, miró, ya con su horrible cabeza peluda levantada y los colmillos hacia adelante con sus ocho ojos negros siniestros, hacia donde estaba el perro, estatuario, y mirándola atentamente, a mi lado. No se la movían ni los bigotes. Creo que su instinto animal le indicaba que le temiera más a él que a mí. Y disparé. La detonación fue importante, y el eco de ella retumbaba entre las montañas de piedra milenaria, repitiéndose en un eco de sonido duro, prolongado, profundo, que se apagaba en el fondo neblinoso y azul de los insondables barrancos. El disparo rozó al tronco del arbolito, hiriendo a la peluda bestia que cayó al suelo. Le había arrancado sus cuatro patas izquierdas, pero arrastraba con las cuatro que le quedaban a su monstruoso cuerpo a esconderse en unas matas cercanas. Los pájaros volaron inmediatamente y todos los ruidos del monte se acallaron, mientras el eco se perdía en el silencio marmóreo de las piedras. Impresionado por el tamaño del animal, también yo me quedé quieto. Pero capitán reaccionó rápidamente, persiguió al animal hasta que lo alcanzó y ladrándole y molestándolo con sus patas delanteras evitaba que se escondiera en las piedras. Me acerqué, la apreté con una piedra grande y plana, y me subí arriba de ella. El perro se quedó quieto, vigilando atentamente. Al rato me bajé de la piedra y le puse otra pesada encima, haciendo un esfuerzo que no debía hacerlo, caminé los tres metros y me subí a la piedra grande, sin guardar el arma. Recién entonces miré al arbolito de las frutas. Por suerte solo tenía una rozadura y algunas frutas desprendidas en el piso de arena. Me quedó una horrible impresión que me duró varios días. Ya conocía a estos animales del monte, pero tan grande, no había visto nunca. Era una araña inmensa, a las que los lugareños llaman "pollito". Algunos dicen que es porque tiene el cuerpo tan grande como un pollito y otros porque se los comen. Conociéndolo al monstruoso bicho de cerca, pienso que las dos versiones son ciertas. Me quedé un rato tratando de tranquilizarme de la impresión y luego con un palo y mucho cuidado, y la mirada atenta de Capitán, saqué la piedra. Estaba muerta, sólo persistían algunos movimientos nerviosos en su patas. Estaba de espaldas semienterrada en el suelo arenoso. Su cuerpo era más grande que la mano de un hombre y con sus patas estiradas debía tener unos treinta centímetros, aproximados. Busqué un palo, le saqué puntas con mi cuchillo de monte, la clave en él y la guardé en la bolsa de plástico que me dieron cuando compré el agua y el pan. Bien envuelta, la guardé en un bolsillo lateral de la mochila y ya sin ánimo de quedarme más tiempo en el

lugar, emprendimos la vuelta.

Bajando despacito, por los senderos de las cabras, siempre le coloco la pechera al perro y la correa, me ayuda bastante eligiendo el mejor lugar para bajar, además olfateaba el sendero con mucho cuidado, lo que me tranquilizaba después del encuentro con la araña. Me había dejado

bastante nervioso el asunto.

El sendero pasaba por la casa del Artesano, que trabajaba en su galponcito al costado de la casa, con sus cueros y maderas. Allí, en los Valles Calchaquíes, no llueve casi nunca, por lo que es más importante protegerse del sol y del viento. Lo saludé cordialmente y le saqué la araña para mostrársela. Ni siquiera se sorprendió, me dijo, "¡Ah, sí patrón (a los amigos viejos siempre le dicen patrón, como señal de respeto), es una pollito¡¡.pero Juan, es enorme!! Le contesté." "No patrón, es grande pero en las quebradas, yo las vi más grandes. Pero no se asuste, no son peligrosas, si lo pica va a tener temperatura por algunos días pero en el Dispensario lo curan. Si no las molesta se asustan y se van".

Para justificarme del mal día que me hizo pasar, le dije, ¡¡pero casi se come unos pájaros, Juan!!. Y, acaso usted no tiene hambre?, Si se queda le convido un estofado de chivito", me dijo sonriendo. "Aquí, la comida escasea patrón" No me digas patrón Juan, dime Manuel, eres casi tan viejo como yo", le dije, haciéndome el enojado. "eso es lo que usted cree", dijo, y ahí me hizo reír, el pícaro artesano. Tomó una pala de punta y la enterró a la araña, mientras murmuraba," de la tierra vienes y a la tierra vuelves". Y me invitó a comer nomás. Mandó a su hijo a caballo para que avise que estaba en su casa, y me quedé a comer con él, su mujer y su hijo.

Un hermoso almuerzo, con una charla inolvidable. Sentados en unos lindos bancos de madera que él los fabrica, en el patio de la casa tomando mates con menta, me contó tantas anécdotas de la vida en los cerros que podría escribir un libro. Me regaló unas raras piedras de colores que recoge del fondo de las quebradas, y un trozo de un tronco color casi rojo, del árbol de la quinua, casi extinguido, y los pocos que quedan están en el fondo de las quebradas. Y nos despedimos.

Regresábamos como a las cinco de la tarde. Cuando pasé por el bar de Lorenzo, hice una parada para descansar un poco y tomar un té digestivo, la comida la preparan muy picante en esas zonas, y el mate no me cae bien, mientras el perro menospreciaba, de satisfecho, por los huesos del cabrito y la carne que sobraron del almuerzo, un trozo de tortillón que le ofrecía mi amigo.

Y nos fuimos, caminando juntos, despacito, aunque él corretea por todos lados, pero siempre vuelve a mi lado, los dos "bigotudos ", como nos dice Lorenzo, contentos de nuestra sincera amistad, rumbo a casa.

Y así fue

UN EXTRAÑO REGALO

Un relato real y auténtico de los recuerdos de mi niñez

Mi abuelo materno Francisco, era un líder sindical muy respetado, hasta por la oposición. Siempre dispuesto al diálogo, sin descuidar los genuinos intereses de sus amigos. Recibía regularmente invitaciones para reunirse con sus pares del interior del país, pero él no viajaba mucho, ya que era reproductor de gallos de riña de pura raza, y eso necesitaba de su atención permanente. Además, tenía varios enormes gallos de su propiedad que peleaban en los reñideros de la ciudad, casi todas las semanas. Su hermano, sería mi "tío abuelo" al que yo llamaba cariñosamente" el abuelo Chilito" y no sé por qué, era tan compinche conmigo como mi abuelo. Cuando peleaba el gallo Pilo (así le decían a mi papá sus amigos) él me escondía en un lugar donde yo podía ver la pelea. No recuerdo haberme asustado al ver la sangre, y creo que eso fortaleció mi carácter desde pequeño.

¡Ah, El gallo Pilo! Era verdaderamente un animal hermoso. Grande, delgado y de mi altura, todo su plumaje era tornasolado en negros y marrones y una gran cresta roja, acompañado por dos gruesas y fuertes patas. Una verdadera estampa de gallo macho. Era muy inquieto y tenía una mirada penetrante y feroz, que sólo la suavizaba cuando yo lo acariciaba o mi abuelo lo alzaba y le hablaba como a un ser humano, dándole ánimos, pensando tal vez que podría morir el próximo domingo. Pero yo no entendía de esas cosas, con mis cuatro años solo me interesaba la belleza y la sumisión del animal conmigo. Por supuesto que el abuelo cuando me dejaba estar con él en el gallinero, le cubría la púa de su pata y le colocaba un pequeño bozal de cuero en el pico. A mi papá no le gustaba la cosa, pero por darle el gusto a mi abuelo, le fabricó una púa de acero que hizo cromar y se la colocaban al gallo. Un puntazo con ese elemento abría al rival en dos pedazos. Los otros animales también usaban esos elementos, que estaban permitidos, lo que convertía a la pelea, casi siempre, a muerte.

Y en uno de esos días, desde el Sindicato de Municipales de la Pampa, a mi abuelo le llegó una invitación, más de dos mil kilómetros de su casa. Semejante distancia, en esa época, parecía una eternidad, Mi abuela Cloty, puso el grito en el cielo, mi abuelo, (salvo cuando se vino de Italia) nunca había viajado tan lejos, pero el pícaro italiano con arrumacos consiguió conformarla. El viaje sería en tren (dos días largos), ya que en esa época sólo corría hacia el sur "el tren mixto" que era nada más ni nada menos que un tren de carga, que también llevaba pasajeros. Paraba en cada estación para cargar o descargar, y también los pasajeros. De aquí a Buenos Aires, la Capital del país, era un viaje cansador y largo. Ya en el destino, se hospedarían en la casa de sus colegas, para evitar gastos. Eran veinte personas que viajaban. Yo veía a mi abuela contenta porque iría bien acompañado con sus amigos.

Y llegó el día de la partida. Mi abuela hizo hervir dos gordas gallinas, las acompañó con pan casero suficiente, y le colgó su bota de vino, único recuerdo de su Italia natal, repleta del oscuro líquido en el hombro. Le dio un montón de recomendaciones, lo besó como la primera vez en su vida, con algunas lágrimas que mojaron las mejillas del forzudo italiano. Mi abuelo me alzó con un solo y peludo brazo, me besó, y me dijo bajito" no te preocupes, tu abuela siempre llora, ahora te la dejo para que tú la cuides hasta mi vuelta". Yo miré a mi abuelita, y de golpe me sentí más grande, más fuerte, en aquellos bellos momentos de los recuerdos de mi niñez. Se subió al *Ford A* impecable de mi papá, y se fueron a la Estación del Ferrocarril. Estuvieron afuera de la Provincia varios días, que a mi abuela y a mí se nos hacían tristes y largos. Por fin, un fin de semana, regresaron, contentos y con regalos para todos. Todas las familias fueron a la estación del ferrocarril a esperarlos. Nosotros también, mi papá, la abuela Cloty y yo. Mi abuelo trajo regalos para todos, pero a mí me importaba el mío. Era un hermoso gallo de madera tallado por un artesano del lugar que sus amigos se lo habían encargado antes de que llegue mi abuelo, sabiendo que a él le gustaban mucho los gallos. Pero el abuelo traía además, una extraña caja de madera, con una manija de cuero en la parte superior, y varios agujeros en la tapa. Curioso, me acerqué y traté de abrirla, pero escuché un seco ¡No! , y la mirada de mi abuelo me paró en seco. Y cuando mi abuelo decía ¡no! para mí, era, no. Solté la caja y me puse a jugar con mi lindo regalo. Cuando llegamos a casa, mi abuela dijo, "creo que compraste otro gallo para cría, Francisco" (cuando estaba molesta, se olvidaba de decirle cariñosamente Pancho, como siempre, y lo llamaba por su nombre). Él sonrió y dijo "casi casi", y ante la curiosidad de todos, abrió la caja. Inmediatamente apareció una cabeza parecida a un pollo, pero con un cuello flaco y largo, el cuerpo era de una gallina gorda, con piernas y patas muy robustas. Pegó un gran salto y salió disparado, pero mi abuelo le había atado una cuerda en una de sus patas, así que no pudo ir muy lejos. Era un animal extraño, arisco y malo, tiraba picotazos y patadas a más no poder. Mi abuelo, acostumbrado a liar con gallos enormes, lo tomó en sus brazos y lo calmó. Luego lo llevó hasta "Capitán", su enorme perro ovejero, éste lo olió por entero y no le prestó más atención. Mi abuelo lo encerró en un gallinero grande, solo, le puso una lata con maíz y agua, y entró a la casa. Por supuesto, toda la familia por detrás esperando que nos cuente del pajarraco. Se trataba de un "ñandú" como lo llamaban los indios guaraníes y también "hurí" como le decían los habitantes de las Pampas del sur de Argentina. Es una enorme ave, que cuando es adulta llega a pesar más de cincuenta kilos y su altura es como la de un hombre, por sus largas patas y su cuello fuerte y largo. Arisco y malo, es muy peligroso por sus fuertes picotazos y terribles patadas que pueden quebrar una pierna.

Pero el Ñandú que se cría en familia, en compañía de seres humanos, se hace muy manso y dócil. Es muy noble y al igual que el perro, es un cuidador de la propiedad inigualable, por su fino oído y su velocidad, ya que puede correr a la misma velocidad que un caballo.

Con los retos de mi abuela y la mirada desconfiada de mi padre, que no le gustaban los animales, ya que ambos pensaban que podía ser peligroso para mí y mi pequeña hermana, que apenas tenía casi tres años, el abuelo Francisco les dijo "no se preocupen" y allí terminó la discusión. Mi padre estaba terminando su nueva casa así que le restó importancia al asunto, ya que en unos meses, nos iríamos. Mi abuelo, conociéndome curioso y sin miedo, me alzó con sus peludos y fuertes brazos y me dijo, "puedes jugar con el gallo "pilo", cuando yo te dé permiso para hacerlo, pero a éste pollo que traje, no te acerques nunca, es malo y no dejes que se acerque tu hermana, ¿entendido?" Asentí, y me llevó a mirar al nuevo habitante de la casa. Y este pajarraco que vino en una cajita, comenzó a crecer y crecer y a estirarse. Mi abuela, para burlarse de mi abuelo, lo bautizó con el nombre de "Camacho". Así se llamaba un compañero del Sindicato Municipal y la verdad que a pesar de la rabia reprimida de mi abuelo, mi abuela tenía razón. Camacho era un hombre alto y flaco, usaba unos enormes zapatos y tenía una cara de pollo. Sus amigos comenzaron a decirle "El pollo Camacho". Y, bueno, a mi abuela le vino como anillo al dedo ponerle de nombre "Camacho" al pajarraco. Además tenía otra cualidad que igualaba al pajarraco, comía de todo y mucho. Cada vez que mi abuelo lo invitaba a comer, mi abuela Cloty siempre cocinaba un poco más que de costumbre. Mi abuela se enojó y mucho, un domingo que mi tío Hipólito, su hijo, llegó tarde a comer y Camacho ya casi se había terminado una enorme fuente de fideos que mi abuela colocaba en la mesa, en una hermosa sopera de loza y con tapa para que no se enfríe la comida. Cuando se fue el flaco y desgarbado Camacho, escuché a mi abuela decirle que su amigo era un mal educado, porque se servía solo sin esperar a que le sirvan, y revoloteando su hermosa y larga trenza gris de sus cabellos, dijo" Francisco, este amigo tuyo es igual que tu pajarraco, come todo, y siempre flaco, y parece que engorda para adentro". Y desde ese momento el pajarraco comenzó a llamarse "Camacho". Y al pajarraco parece que le gustaba el nombre, siempre venía cuando lo llamaban. Y a los compañeros de trabajo de mi abuelo también, que se reían a carcajadas.

Con los gallos de riña de mi abuelo, Camacho, ni verse. Pero con Capitán, el enorme ovejero, poco a poco comenzaron a hacerse amigos. El perro, con su enorme cabezota, que enseñó a caminar a mi hermana, (dio sus primeros pasos agarrada de los pelos de su lomo), se acercaba muy atento a Camacho y éste se sentaba en el suelo como se sienta una gallina para poner huevos. Un día, mi hermanita, con la inocencia de un ángel, se acercó, puso sus manitos atrás y le sonrió. Camacho la miró medio sorprendido y asustado y ella, tal vez pensando en algún juguete grande o un gallo de mi abuelo, le agarró suavemente el cuello con su pequeña manito, acompañada por un sonoro gruñido de advertencia del perro. El pajarraco Camacho, movió la cabeza para mirarla y se quedó quieto, bajo la atenta mirada del perro. Y ahí empezó nuestra amistad con Camacho, el ñandú. Pero tenía predilección y mucho amor y cariño por mi hermanita. Se le acercaba y se le sentaba adelante, como una gallina, ella se agarraba de su largo cuello y se le sentaba en el lomo.

Un día con todo cuidado Camacho se paró, pero igual mi hermana se cayó estrepitosamente. Menos mal que fue dentro del enorme gallinero que fabricó mi abuelo, porque el piso estaba cubierto por una gruesa capa de virutas de madera. Ella se puso a llorar y Camacho se asustó, y él, inocente, recibió dos sonoros escobazos de mi abuela, y a ella, no la dejó subir por un tiempo. Era realmente voraz y muy curioso, mi hermana dejo de usar la mamadera y el chupete porque él se las comió, y mi abuela aprovechó para decirle que a su amigo Camacho no le gustaban las niñas con chupete y mamadera. Lloró un par de días pero empezó a usar unos jarros enlozados donde mi abuela nos preparaba la leche a los dos. Y también aprovechó para darnos el arroz con leche, que no nos gustaba, y cuando ella no se daba cuenta, se lo dábamos a Camacho, que lo devoraba en un instante. Nunca nos gustó el arroz con leche, y cuando nos llevaban de visita a la casa de la tía Nery, novia del tío Hipólito, casa hermosa y muy grande, para nuestra desgracia, nos sentaban en una coqueta mesa del jardín, ¡y también nos servían arroz con leche! que yo lo escondía detrás de unas cuidadas macetas sin probarlo, mientras mi hermana Elsita se mataba de la risa.

Y Camacho creció y se hizo adulto, y muy alto. Mi abuelo Francisco, tenía una hermosa guitarra con clavijas de madera y cuerdas de tripas de cerdo, muy linda. Los sábados a la tarde, se sentaba en una sillita baja de madera, frente a los gallineros y se ponía a tocar la guitarra y a cantar hermosas canciones en italiano. Yo me sentaba a su lado fascinado a escucharlo, y cuando venía mi abuela, comenzaba a cantarle a ella, otras canciones. Un día le pregunté por qué le cantaba a los gallos, se entristeció un poco y me dijo," porque les gusta la música, Manuel, mira como escuchan". Y era verdad, todos los gallos se quedaban quietos y Camacho estiraba su largo cuello

por arriba del alambre del gallinero.

A finales de diciembre, nos visitó el primo de mi abuela, don Néstor Soria, con su señora y uno de sus hijos. Él era el farmacéutico e idóneo que atendía la farmacia del Ingenio azucarero Nueva Baviera, en el interior de la provincia. Hombre alto, elegante y muy educado, que usaba, cuando atendía la farmacia, un largo guardapolvo,inmaculadamente blanco.

Su esposa, que todos le decían Gringa, era una muy buena y bella mujer, con los ojos más lindos que vi en mi vida, eran del color del cielo. Los primeros días de Enero del año siguiente, mi abuelo le regaló su querida guitarra a don Néstor, para que se la entregue como regalo de Reyes a su hijo Néstor. Tenía casi mi edad, pero ya le gustaba enormemente la guitarra y cantar.

¡Qué podía imaginarse, mi querido abuelo, que estaba incentivando a un niño, que en estos momentos, que escribo este relato, está dando conferencias en varios Países Sudamericanos y que viaja a Europa frecuentemente, dictando conferencias sobre las lenguas ancestrales y llevando el enorme bagaje de su poesía y su música!.

Hablo del muy conocido músico y poeta de mi provincia Néstor Hipólito Soria, mi primo hermano. Cuando lo vi a mi primo, que a pesar de que era delgado y alto para su edad, la guitarra parecía enorme en sus manos, tocar la guitarra y cantarle a mi abuelo, le dije, medio celoso, "abuelo, a mí también me gusta la guitarra" y el italiano de corazón grande y sabio, me dijo con una sonrisa," sí Manuel, pero a él le gusta la música, a ti te gustan los motores, los autos", y, como siempre, mi abuelo no se equivocaba. Estas cosas que hacía y decía mi abuelo, mi héroe terrenal, se grabaron a fuego en los recuerdos de mi niñez.

Mi papá y mi abuelo cambiaron los postes del largo fondo de la casa, y pusieron un alambre más alto, para que Camacho, que se hizo un alto pajarraco, no pudiera salir.

Todos los vecinos y los chicos venían a verlo. Era una verdadera curiosidad. Pero a mi abuela Cloty la ponía furiosa, a pesar de que era manso y cariñoso, tenía un hambre ancestral, comía todo lo que encontraba en su camino. Hasta que llegó el día que mi *abuela Cloty se enojó, y mucho*.

Una noche, el abuelo lo dejó suelto en el fondo de la casa, bastante grande, que se comunicaba con el hermoso jardín del frente que mi abuela cuidaba con enorme amor y cariño. Y para su desgracia, a Camacho se le dio por probar unos malvones y begonias de mi abuela. Parece que le gustaron y ¡se los comió a todos en una sola noche!. Era gracioso verla a mi abuela perseguirlo a escobazos a semejante animal, que no alcanzaba nunca. Mi abuela lloraba por sus plantas, pobrecita, que cuidaba con tanto amor. Ese fin de semana, mi abuelo se olvidó de los gallos y de todo, y se puso a plantar begonias y malvones remplazando lo que se comió Camacho. Terminó a la noche, y como regalo, le puso una caminería de papas de gladiolos blancos en el jardín del frente. De todos modos, no conformó a mi abuela Cloty, y le pidió que se lo llevara a sus primos, al señor Soria y su esposa, que vivían en el campo. Camacho estaba triste, parecía que adivinara que se iría de la casa, sólo jugaba con mi hermanita, a la que amaba, y luego se sentaba cerca de Capitán, su amigo, el enorme ovejero, como si buscara protección. Pero no hizo falta llevarlo. La desgracia,

acechaba a Camacho.

Un domingo, que mi abuelo no estaba, mi padre abrió el portón para guardar el auto, y Camacho, curioso como siempre, salió a la calle. Una horda de perros callejeros, que nunca habían visto a tamaño animal, atacó con furia a Camacho. Mi hermanita y mi abuela lloraban a gritos cuando ellas se dieron cuenta de lo que ocurría. Los perros mordían sin cuartel, pero Camacho se defendió a las patadas, dejando tirados a varios perros, hasta que apareció Capitán, el enorme ovejero. De un salto mordió en el cuello al perro que se había prendido con sus dientes en el pecho de Camacho, y lo liquidó de una sola mordida, y se puso a pelear con los otros que pronto emprendieron la retirada, ya que mi papá se sumó con un largo garrote y yo prendido de sus pantalones. Camacho entró saltando en una sola pata a la casa seguido por Capitán y mi papá, y se echó en su gallinero.

El pobre Camacho estaba muy herido, sangraba por la herida en su pecho, y tenía una pata casi destrozada por una feroz mordedura. Mi padre cerró el gallinero con Camacho y Capitán adentro, no pudo sacar al perro, y se fue rápidamente a una farmacia que se llamaba Farmacia del Pueblo. Allí tenía un enfermero amigo -y la farmacia estaba de turno ése domingo-, al que le contó lo sucedido y con algunas reservas, aceptó curar a Camacho. Cargó todo lo necesario y mi papá lo trajo a la casa. Mi abuelo, avisado del problema, ya estaba también allí, en la casa. La escena era conmovedora. Mi pequeña hermanita lloraba desconsoladamente, mientras el manso animal estiraba su largo cuello para que ella con sus manitos de ángel lo acariciara. Mi abuela, como de costumbre, lloraba mientras observaba a su enorme y fiel perro lamerle a "Camacho" con dulzura y delicadeza las heridas de su pecho y su pata, como si quisiera aliviarle el dolor.

Entró mi abuelo al gallinero y sacó al perro, que le gruñía al enfermero, y lo ató a un roble que plantó el día que yo nací, luego le puso a Camacho una especie de bozal de cuero en su enorme pico, se sentó en el suelo, abrazó al animal con sus enormes brazos, y dijo," cúrelo, doctor". El enfermero, con su chaqueta blanca inmaculada, le gustó el título que le regalo el abuelo, puso cara de muy importante y comenzó a curarlo. Pero Camacho era muy fuerte, así que el enfermero sacó una cajita metálica con una inyección, lo pinchó en el lomo, y Camacho se durmió en seguida. Mi hermanita no cesaba de llorar, cundo vio al largo cuello de Camacho colgar inerte. Mi abuela Cloty la alzó y mirándome a mí que estaba prendido de sus faldas dijo," no se asusten niños, Camacho se durmió y está soñando con ustedes sus angelitos, ya despertará cuando esté curado". Y como siempre, al influjo de su voz amorosa y suave, nos tranquilizamos. Nunca olvidaré la impresión que me causó ver al enfermero cocerle la herida a Camacho con un hilo que sacó de una cajita redonda y brillosa y una aguja grande y curva. Antes de cocerlo, se puso unos guantes blancos, que a mí me perecían iguales a los de un payaso de circo. Terminó y luego le curó su pata lo mejor que pudo y otra pequeña herida que tenía en su largo cuello.

Mi padre le pagó y lo llevó de vuelta a la farmacia. Mi abuelo lo mantenía atado de su pata sana y le puso un cinturón viejo que le dio mi abuela Cloty,(mi abuela nunca tiraba nada, a las cosas viejas siempre les daba otra utilidad) en el cuello para que no se moviera. El manso animal se quedaba quieto, se sentaba como una gallina y el perro se echaba en la puerta del gallinero. El enfermero vino varios días seguidos, por las noches cuando cerraba la Farmacia, para curarlo. El abuelo tuvo que retirarle el cinturón del cuello, porque mi hermanita lo quería tocar, y él estiraba el cuello para que pueda hacerlo y se lastimaba. Unos cuantos días después se había recuperado, pero quedó un poco rengo de una de las patas. Mi tío Hipólito me dijo que era la pata derecha. Pasó el tiempo y todo volvió a la normalidad. Yo me crie desde mis primeros meses con un tío solterón, Benito, hermano de mi padre que vivió siempre con nosotros. Cuando mi padre terminó nuestra casa al lado de su fábrica, él se vino con nosotros y mi papá les regalo la casa a mis abuelos. Muchos años después, ya mayor, le pregunté a mi padre porqué nunca se había casado y nunca frecuentaba al sexo opuesto. Y me contó. Cargando combustible en su auto, en un surtidor, éste se prendió fuego y con tanta mala suerte que se quemó la parte superior de las piernas y los genitales. Era el hermano mayor de todos, pero mi padre trabajaba muy bien, así que se lo llevó a vivir con nosotros. Por supuesto, mi madre nunca lo quiso y muchas veces se lo demostraba, lo que era un suplicio para mi padre. Curiosamente, Camacho tampoco lo quería a mi tío Benito. Él, cuando regresaba del trabajo con mi padre, nos alzaba a los niños y nos traía algunas golosinas. Pero mi abuelo, que todo lo sabía, decía que era porque Camacho era celoso de nosotros, los niños, cuando nos alzaban o nos tocaban. Camacho se enfurecía cuando esto ocurría, y lo mismo ocurría con todos los extraños.

Y llegó el día del gran susto. Una fresca tarde de otoño, se perdió mi hermanita Elsa.El abuelo Francisco nos llevaba casi todas las tardes al hermoso parque Avellaneda ubicado al frente de la casa, sólo había que cruzar la Avenida ancha, que en esos tiempos tenía muy poco tráfico. Nos mostraba las plantas de estación que siempre colocaban sus muchachos de Parques y Jardines (él era el director) y caminábamos por los senderos cubiertos de la sombra y las hojas de los enormes y altos eucaliptus centenarios. Por el centro de él cruzaba un canal de agua cristalina. Amábamos esos paseos perfumados con el abuelo por el hermoso parque.

Elsa, mi hermanita, tenía más o menos tres años. En un descuido de mi abuela (mi madre no estaba, como de costumbre), salió solita, se cruzó al parque y se perdió en medio de los senderos y la frondosa vegetación. No había nadie en la casa, sólo estaba mi abuela y una señorita que había criado desde niña. Mi abuelo se había llevado a Capitán a vacunarlo. Desesperada, mi abuela salió a la calle a buscarla. Nunca sentí una sensación como en esos momentos. Lo único que hacía yo era llorar y gritar su nombre. Camacho me escuchó y se puso como loco, comenzó a patear la tela lastimándose las patas hasta que rompió la puerta y salió a toda velocidad. Cruzó la avenida como una flecha y se perdió en la vegetación del parque, gritando con un sonido parecido a un pato.

Mi abuela Cloty lo miró muy sorprendida, me tomó de la mano y cruzamos rápidamente hacia el parque. Caminamos un rato casi hasta el centro del mismo, por donde cruzaba el canal de agua cristalina, y en ese momento escuchamos a Camacho, que hacía un ruido raro con su pico, mientras lo golpeaba con fuerza, para hacerse oír. Corrimos hasta donde estaba Camacho, y la vimos. Como era su costumbre, Camacho se había sentado como una gallina y mi hermanita estaba sentada con toda tranquilidad sobre su lomo y agarrada de su largo cuello. Justo detrás del pajarraco, estaba el canal, al que si mi hermana se caía, se ahogaba inmediatamente. Mi abuela Cloty se quedó quietita cuando los vio. Elsa, mi hermanita, me saludaba con la mano como si se fuera de viaje, sonriendo, pero Camacho miraba fijamente a mi abuela. Creo que se daba cuenta que ella no lo quería y él tampoco le demostraba afecto, era capaz de golpearla si tocaba a mi pequeña hermana.

Mi abuela dijo, "anda, Manuel, tráeme a tu hermana". Contento por haberla encontrado, me acerqué sin cuidado y la bajé del lomo de Camacho, tuve que hacer un poco de fuerza, ya que no se quería bajar, y comenzó a llorar.

Se la entregué a mi abuela, que la cubrió de besos. Cuando la alzó, notó que tenía los zapatitos, las medias y el vestidito mojado hasta por arriba de la cintura.

Le escuché emitir un pequeño y apagado grito de sorpresa, y vi que miraba al cristalino y profundo canal y luego a Camacho, que también tenía sus plumas mojadas. Indudablemente,

Camacho la había sacado del agua.

Mi abuela Cloty, conmovida, suavizó su mirada, le sonrió con dulzura a semejante pajarraco, tiernamente, parecía que

tenía ganas de llorar. Se acercó despacito a Camacho y le acarició el cuello.

Creo que el pobre animal se sorprendió más que ella, pero no la atacó, se dejó acariciar, mirándola desconfiado, atentamente.

Él, Camacho, había encontrado y salvado a mi hermanita

Elsa, le contaba, llorando de alegría, mi abuela Cloty a mi abuelo Francisco, esa misma tarde, mientras Camacho, nuestro querido pajarraco, renqueando de su pata derecha, caminaba tranquilo acompañado por el perro, por el fondo de la casa.

Mi papá logró hacerse amigo de Camacho, siempre que se acordaba le traía uno enormes turrones de maní que le compraba a su amigo Marcantonio, que él se los devoraba de dos picotazos. Nunca le gustaron los animales, pero Camacho había salvado la vida de su hija. Y lo acariciaba en su cabezota y el pajarraco hacia ruidos con el pico, contento.

Nunca más mi abuela Cloty quiso que a Camacho se lo llevaran de la casa, se hizo amiga del pajarraco y a veces ¡hasta le cocinaba! una mazamorra, que a nosotros no nos gustaba, porque tenía leche, pero Camacho la comía toda, hasta hartarse.

Y así fue.

Any Sanz
Argentina

Adriana Estela Sánchez (Seudónimo Any Sanz) nacida Buenos Aires actualmente vive en Tucumán Escritora y poeta con poemas premiados . Primera mención especial " Recuerdo de mi infancia " y Siete Lunas " Asiste a programas radiales Fomenta la escritura en las escuelas , hospitales , geriátricos en las plazas entre otras Hace obras de caridad y publica en 55 grupos en redes sociales y el ciclo ¿Adónde están las Llaves ? y Suri Tango Tiene siete antologías dos internacionales y su libro de poesía Goces del Alma .

MIS MEMORIAS

Apenas con cinco años de edad recuerdo a mi madre lavando pañales en días fríos y lluviosos Vivíamos en Morón (provincia de Buenos Aires)en una casa muy linda sencilla con césped adelante y una hamaca de cadena y asiento de madera, un arco de metal, también teníamos una casita de madera para jugar, un perro policía.

Mis hermanos: Sergio de cuatros años , Julio tres , Raulito ocho meses el cual falleció a los diez meses de solo estar enfermo y murió. Era gordo blanco, unos ojos color cielo. Recuerdo ver televisión con mis hermanos tomando chocolatada con facturas.mi padre trabajaba en el Palacio de la papa frita, en su día de descanso salíamos a visitar a los parientes o pasear por la ciudad. Siempre me regalaban accesorios de Mafalda mi chiquita como le digo hoy cada vez que leo algo de ella tan sabia.

Para la cena mi padre compraba pollo el espiedo, siempre que paso por lugares de comida y veo a los pollos girando doraditos, se me vienen todos esos recuerdos, mi padre le hacía burlas a mi hermano con la amiguita que teníamos de nombre Mónica, que le decía a papá me voy a jugar con la Moniquita y se reía jaja, todos le creíamos porque jugaban en la casita de madera.

Mi tía Ester -madrina de mi hermano Sergio y mía-,siempre nos visitaba con mis primos Claudia y Fabián. Qué felices nos sentíamos cuando llegaban. Mi tío Chay me regaló unos zuecos -contenta caminaba haciendo ruido por la vereda-, eran de madera con plataforma y tiras blancas que me trenzaba por las piernas; recién salían de moda, así que presumía con ellos. Me gustaba visitar a mis tíos. Donde ellos vivían pasaba el tren, cada vez que escucho el silbato del tren los recuerdo a mis tíos Cano y Marta y a mis primos Perlita que ya falleció (que en paz descase). Con tía Marta, mi prima mayor, Chavela y mi primo Mario, también visitábamos a mi tía Negui (recientemente falleció), y los juegos con mi prima Mari.

Un día papá le preguntó a mamá si quería volver a Santiago, mamá emocionada lo abrazó y dijo que sí, supongo que él también extrañaba ya que es de Tucumán.

Bueno así que después de decidirse prepararon todo ¡qué emoción el viaje en tren! ver las casitas, el verde de los árboles, el guarda anunciaba la llegada a destino de Santiago del Estero, ¡qué felicidad! mis abuelos maternos nos esperaban.

Despertar con el canto del gallo, ver la claridad de la mañana con el sol guiñando el ojo, con el aroma del verde campo y desayunar un rico mate cocido con poleo y pan casero, luego correr por un patio grande y todo el campo para jugar,¡qué dicha, qué alegría, qué bendición! tener todo eso para disfrutar!

Mamá hacía pan, rosquetes, empanadillas que vendía en el pueblo, mi papá trabajaba en el campo sembrando con mi abuelo. Hacían adobes y carbón, tenían varios peones, mi abuela se encargaba de la cocina, si cocinaba guiso , hacía sopa, era infaltable la sopa, era sopa polentudas con papas, zapallo , choclos, pucheros y demás verduras; todos recuerdan la sopa de la abuela, tenía un sabor especial.

Cuando ya estaba lista, recuerdo que sacaba un poco de caldo con el cucharón le agregaba aceite y pimentón, los mezclaba y volvía a introducir el cucharón y revolvía, cocinaba a leña en una cocina negra teñida de humo, la mesa parecía la última cena de Jesús con sus discípulos, ¡ qué bello era ver tan grande familia! mi abuelo, los peones y nosotros.

En verano nos daba una sandía a nosotros, de su cosecha. Por las noches alrededor del fuego había una olla grande con choclos hirviendo y zapallos asados en las brazas mientras contaban historias de miedo. Los fin de semana venían los parientes a visitarnos, carneaban cabritos y corderos. Mi abuela amasaba para toda la semana, nosotros juntábamos leña con mis primos, era divertido, toda una aventura. Una vez fuimos a juntar leña, jugando se nos hizo la oración, apurados mientras llevábamos la carga de leña cada uno, mi primo Oscar, quien iba primero con la carretilla llena de leña, se paró, gritó asustado y salió corriendo diciendo: el duende, el duende y todos salimos corriendo por detrás de él dejando toda la carga tirada, mi abuela preguntó por la leña y asustados le contamos lo sucedido, mi abuelo dijo: mañana lo buscamos, y bueno todos nos fuimos a bañar para luego cenar un rico guiso de arroz.

En las noches calurosas de verano mi abuela preparaba las camas en el patio con sábanas blancas de algodón fresquitas, bajo un cielo lleno de estrellas jugábamos a quién encontraba las

Tres Marías, las Siete Cabrillas y los satélites.

Y así pasé una hermosa infancia junto a mis abuelos, mis tíos y mis primos.

PADRE NUESTRO

Armando mi padre trabajaba en el Ingenio Concepción, una semana a la mañana otra a la tarde y luego de noche .Según cuentan y él también nos contaba que de noche pasaban los accidentes siempre alguien moría en los trapiches o en las calderas. Todos los años perdían un trabajador eso era lo terrible de trabajar en los Ingenios.

Según mi padre el dueño todos los años debía entregar a alguien, para que la producción sea satisfactoria y tengan muy buenas cosechas y muy buenas ganancias.

También nos contaba que solían escuchar o ver al Familiar rameando las cadenas el frío y el miedo espeluznante recorría por todos los peones de aquel ingenio que producían la azúcar pura y blanca dentro de tanta oscuridad y rechinar de los trapiches triturando los restos de personas todo se convertía en polvo blanco con los químicos usados para salir blanca y pura la dulce azúcar.

Los perros aullaban terroríficamente, era como todo se paraba y solo los aullidos y los ruidos de cadena se escuchaban hasta perderse en el infinito silencio de las voces que envolvían tal momento.

Una noche mi padre volvía a casa pero antes paso por casa de mis tíos cuales viven cerca del Ingenio.

Lo invitaron a cenar y entre charlas y charlas se le hizo muy de noche, debía pasar por la ruta y luego por un cañaveral siempre el mismo camino transitaba todos los días tardes y noches en bicicleta su compañera viajera esa noche al volver de medio de las cañas salió un perro negro grandote y cadena se le puso a la par el sintió ese miedo y frío espeluznante recorrer su cuerpo

El cual solo le quedaba rezar y así lo hizo todo el camino el recordó que comentaron que solía salir a las personas que se hacían la oración y atravesaban el cañaveral ,que solo debían transitarlo tranquilo sin un gesto de agresión sino el familiar reaccionaba violento dejándolos moribundos o sin vida traspiraba helado su camisa blanca se volvió trasparente de lo mojado que estaba uuufff me imagino pobre hay que ser fuerte y tener mucha fe hasta que por fin llegó pero antes desapareció, papá bajó de su bicicleta pálido y tembleque el potasio eliminado de su cuerpo acalambrado apenas podía decir unas palabras derecho pasó al baño se bañó y luego de cambiarse nos contó lo sucedido nosotros entre dormidos escuchábamos a mi padre contarle a mi madre cual aventurero en una noche de terror .

Natalí Mercado Valdivieso
Chile

Natalí Mercado Valdivieso: Vive en Chile
Contador Gral en administrador de empresas.

Actualmente trabaja en ING S.A

Es soltera y con muchos escritos publicados.

VILLANUEVA , EL PUEBLO

Una tarde de verano en su habitación cuando el sol penetraba por la ventana y le despertaba en su cara , recordó una de tantas incursiones en su vida , en una de tantas oportunidades que la vida le dio para viajar y volar a ver a su adorada hermana y linda sobrinita , entre una de aquellas oportunidades en ese pueblo pequeño y hermoso llamado Villanueva , cuya fachada le recordaba a la España antigua , la de cuentos y leyendas que de pequeña siempre leía . Así en una buena oportunidad y de tanto alternar con infinidad de gente conoció a un grupo de amigos ,entre ellos a Marissa una joven mujer que pasó a ser una buena amiga , a la que de cuando en cuando llama para saber de sus aventuras y desventuras . El caso es que su querida amiga y familia más bien sus padres son dueños de un bar de ese pequeño pueblo , la amistad entre ambas fue creciendo entre conversa y conversa en frías noches de invierno donde solían charlar una vez cerrado el negocio ,cuando ya el último cliente abandonaba a duras pena la barra , sus citas ocurrían específicamente en la calle que da a su casa hablaban de sus costumbres , de sus sentimientos y de la nueva vida que Naty ,esta chica del sur de Chile , llevaba en aquel lugar .Pensaba ...., es bonito recordar pero en medio de tanto frío sus piernas sin quererlo comenzaban a tiritar , después asimilaba la importancia de esas conversaciones pues para pasar tanto sufrir seguro han de ser interesantes todas esas ideas .

Con su amiga solía comer en la cocina de la casa de sus padres . Le gustaba entrar a los lugares que le traían a la mente miles de historias pasadas , se sumía en el tiempo y disfrutaba con cada pedazo de ese suelo aunque fuera una extranjera allí .

Cada día su rutina en aquel pueblo iba desde el departamento donde vivía con su hermana , su cuñado y su recién nacida sobrina , la que hoy en día es una hermosa joven que sueña con bailar algún día para los niños ,que sueña con enseñar su arte de la "bailadora " ,ella es de un corazón noble y llena de ilusiones ,recordaba , ella es la niña la de los ojos castaños y de transparente mirada , recordó como su hermana le decía , ella es como un roble en medio de la soledad , en una sociedad tan distinta a la nuestra supo comprender cuál era su lugar y no perder su norte , supo estar donde debía estar ella es grande entre grandes "................Pero la melancolía a veces azotaba su cabeza y al momento volvía a lo suyo ,su día en aquel pueblo comenzaba de noche , raro no ?????????????, pues no tanto porque sentía hacer cosas útiles , por la tarde ya casi a las ocho bajaba , cruzaba una parte de la plaza en su centro una hermosa pileta la adornaba , entraba al bar de su amiga para ayudarla en sus deberes , jamás atendió el bar pero siempre la acompañaba ..... Allí conoció mil formas de pensar , desde los locos que la molestaban pasando por los enamorados hasta los apacibles y simpáticos , sin dejar de lado a los que sólo buscaban un escape en medio de la soledad . Allí entre copas , conversaban y descubrían el mundo , iba curtiendo su biblioteca del pensamiento con ideas nuevas y sensible , así entre tanto hablar y hablar fue naciendo un grupo de buenos amigos , todas las noches a la misma hora y en el mismo lugar se encontraban , planeaban salidas ,viajes , conocer conocer lugares , paseos , etc ....,ayyyyyyyyyy ..... suspiraba su alma , recordaba cuando las mujeres de ese pueblo le hablaban sin vergüenza algunas diciéndole que se casara con uno de ellos para quedarse a vivir allí , mmmmmmmmmm................, pensaba en su interior , cómo es posible que se piense en ello cuando ni siquiera tienes esa palabra en su diccionario ??????????.........., no le molestara que se lo dijeran pues aprendió a manejar esa situación , claro como era la única mujer en medio de ellos siempre la querían casar y de verdad que hay que tener aguante para ello , en fin ...., pasaba el tiempo y su amistad del grupo crecía a diario . Una noche especial de invierno, cuando habían preparado una cena en aquel bar , después de comer Naty se levantó para acercarse a su amiga que atendía el negocio , por cierto , ella también pertenecía al grupo , en ese momento ve que ella hace unas señas raras a sus amigos que aún cenaban , de pronto Marisa su amiga le dice : Ha dicho Naty que no tenéis cojones para tirarla al Pilón , debo decir que el Pilón es el lugar donde antiguamente bebían los caballos y que hoy en cada pueblo de España existe uno , que aclaro sólo se limpia en verano ,en invierno está lleno de agua con porquerías y musgo aclarado el caso , se levantan hacia Naty dos de ellos , uno la toma por las manos y otro por los pies , entonces el rosario que le dijo e iba repitiendo en tanto avanzaban hacia el Pilón era inmenso , ya eran sobre las diez de la noche en una fría noche de invierno , le llevaban en el aire y ella solo podía decir garabatos muchos de los cuales no entendían ,trató de zafarse pero antes la fuerza bruta nadie puede . y así cuando llegaron al lugar sin más ni más le tiraron dentro de esa fría tina de concreto , llena de asquerosidades y musgo . Trató de salir pero al intentarlo , resbaló y volvió a caer , la verdad es que no sentía frío ni menos rabia .

Ellos ....ellos simplemente reían y reían , así tal cual con el agua corriendo sobre sus ropas , su cara , su pelo todo su cuerpo , al compás que marcaba el rechinar de sus zapatillas con los globitos del agua iban caminando todos juntos ,volvían al bar , allí les esperaba el resto . Marisa y todos los demás ,todos , absolutamente todos reían y así tal cual partió nuestra niña del Sur a casa a cambiarse de ropa y secarse para no pescar un resfriado .

Su hermana al abrir la puerta no podía creer lo que veía ,sólo atinó a decirle que debía cambiarse , al tiempo de estar lista volvió a bajar , se dirigió nuevamente al bar y la charla continuó como todos todos los días , claro ahora más amena con lo que había sucedido .

165

Una nueva tarde en aquel bar uno de sus amigos le retó a una apuesta , debo decir que uno de ellos manejaba el camión de la basura de la comarca , por cierto me imagino bien remunerada , pues bien ,Tocho se llama el retador que siendo un amigo a todo trapo le retó a una apuesta diciendo :"te apuesto una corrida de copas y pinchos para todos a que no vas a recoger mañana la basura " ....,en ese minuto se produjo un silencio y mi corazón se agitó , sentí la emoción que me procuren los retos , sentí la libertad en mis manos ...., entonces respondí ; "Acepto " ...., recordó como anécdota que no tenía un solo peso pues vivía con su hermana , ayudaba con la niña en sus menesteres y a veces cuando podía alguna monedas le daban y sin pensar , ni siquiera de donde sacaría el dinero en caso de perder , aceptó ....,ya avanzaba la noche le aconsejaron ir a la cama puesto que a las cinco de la mañana pasarían a buscarle en el camión . Se fue a dormir con cosquillitas en la panza por la emoción , cerca de la una de la madrugada , pensaba en la manera de no quedarse dormida , fue a su cuarto de aquel entonces y desde esa cama antigua de época medieval , de hermoso metal , sacó una frazada y se tendió en el sofá , se durmió pensando en la hora , quedaba poco tiempo y su reloj biológico que funcionaba como tal en esta circunstancias le ayudó a saltar el sofá , se aseó rápidamente y se dirigió a la cocina para tomar un vaso de chocolatada y unos peques que hasta el día de hoy come , buscó lápiz ,papel y escribió una nota que su hermana , a quien no veía puesto que llegaba muy tarde y salía muy temprano , pero que en el día compartían el almuerzo , las compras , muchos paseos por los alrededores y muchas muchas conversaciones llenas de complicidad ,"Voy con Dioni y Resti a buscar la basura , vuelvo pronto " por supuesto aclarando la hora de salida .

Partían con la oscuridad y el frío a su alrededor , apenas me movía con tanta ropa que llevaba encima , recorrieron muchos pueblos , aprendió a poner los cubos de la basura detrás del camión el que al apretar un botón lo levantaba introduciendo los desperdicios dentro de él , que emoción sentía al hacerlo , todo era nuevo para ella .... Pasamos a un pueblo a recoger la basura en un monasterio --allí habitan los monjes de Silos de los que debo decir nació el Canto Gregoriano--, encontraron al monasterio y ella ya experta en el sistema bajó rápidamente , detrás de ella y un poco retrasado bajó Dioni , entonces sucedió lo curioso , un monje sale a su encuentro sin decir palabra , terminaron su trabajo y subió al camión junto a su amigo , al partir Resti que manejaba el camión le dijo , mira este monje…, nunca salen ven una mujer y salen a recibirnos *vayan no se escapan ni los monjes* pensó nuestra amiga para sus adentros .

Continuaron su viaje hacia el siguiente pueblo , que más bien parece un pueblo fantasma puesto que nadie hay en sus calles , además curioso pues allí solo recogían dos cubos de basura , en su vida había visto un pueblo tan pequeño…, ya cansada de subir y bajar del camión , decidió ir detrás de él , allí donde van los basureros sobre un pisa pies y afirmados de una pequeña baranda ,libres a la vera del viento ,uffffffffff…, *esa fue una experiencia de libertad , de , de sentirte dueña del mundo y principalmente Feliz , porque la felicidad son momentos* , pensaba … y esos momentos fueron de plena felicidad , de pronto la llovizna cubre su cara la que se fue atenuando , ello dado que pasaron de largo por algunos lugares , entonces decidió que en el próximo pueblo se quedaría en la cabina del camión , demasiado frío para salir , debo decir que muchas costumbres no las entendía y muchas veces y muchas veces tampoco lo que hablaban ,entonces no tenía idea de los planes de sus amigos y ya el estómago comenzaba a hacer mella en ella , así continuaban su trayectoria hacia otros pueblos , de pronto se percató que comenzaron a subir hacia una pendiente más bien un cerro cubierto de pasto , tenía el aspecto de una llanura , bella , limpia como una alfombra ..., de pequeña soñaba con este tipo de paisaje , allí estacionaron , sus amigos hicieron un pequeño fuego , sacaron una parrilla , unas cuantas chuletas ,que por cierto le encantaban ...... y un buen vino , justo en ese momento se detuvo a meditar , miraba el paisaje y recordaba sus cuentos de infancia , su ilusión por algún día tenderse en un campo verde y liso , el tenía una vista impresionante , comía lo que le gustaba en una compañía que quería mucho porque a ellos los recuerda muchos siempre con el más grande de los cariños , se sentían una vez más feliz , así después de una agitada mañana comenzaron a comer , a compartir sueños a compartir conocimientos y a escucharse , al terminar retiraron y guardaron todo , uno de sus amigos puso la basura en una bolsa y comenzó a mirar a su alrededor para ver algún lugar donde tirarla miraba y miraba , de pronto al darse vuelta una de tantas veces ,

169

descubrió que el camión de la basura estaba tras de él

................., como reían , como si de un chiste genial se tratara , así entre risas y tallas partieron de vuelta a casa no antes sin pasar por el vertedero   porque el trabajo termina allí , en el vertedero , aunque su experiencia hasta ese momento era espectacular , no menos fue el haber entrado donde se deja toda la basura y donde hay sólo basura ,lo más difícil de soportar claro , el olor , y para colmo el camión en ese minuto quedó atrapado entre las porquerías , no había caso de salir , entonces pensó .... *cagamos* .... Después de un rato de intentos , uno de ellos encontró en la mugre , un colchón lo puso bajo la rueda atascada y en ese minuto tal como un corcho salió el bendito camión , ahora sí que partían ya cansados de tanta hazañas al llegar casi a las dos de la tarde , su hermana le esperaba para almorzar ,había cumplido , había sido heroína de una hazaña gigante para ella y tal vez menor para otros , en su interior sabía que podría hacerlo pero jamás se imaginó que aprendería tanto y jamás que tuviera tantos momentos cargados de emociones .

Sin embargo un nuevo día de Invierno , mientras llovía como si el mundo fuera a acabar , Naty debió volver a su país , lloraba desconsolada por la partida , por el cariño de sus amigos , así sentada en el asiento trasero del auto en silencio giro su cabeza como buscando una voz que le dijera *Quédate* ...., pero sólo estaba su gran amiga que se despedía sin comprender.

Hoy Naty prepara con ansias sus maletas , sus amigos le han mandado a buscar , después de diez años se pregunta ....,Qué he de encontrar ??????????????????

ÍNDICE DE AUTORES

Eco Editorial Argentina
2016

www.ingramcontent.com/pod-product-compliance
Lightning Source LLC
Chambersburg PA
CBHW060402030726
47497CB00003B/815